新 潮 文 庫

月と菓子パン

石 田 千 著

新 潮 社 版

8240

月と菓子パン　目　次

1　赤いポストに入れて

2 東京てんてん

3　なんでもない日

月と菓子パン

1 赤いポストに入れて

月と菓子パン

商店街にツバメが来た。

不動産やの軒下に巣があって、毎年飛んでくる。五月の連休が近づくころ、商店街の細長い空を忙しそうに飛びまわる。家主の不動産やは、糞《ふん》が大変なんだけど縁起ものだからと、巣をそのままにしている。

ツバメの巣を見ていると、駅の方からおじさんが歩いてきた。不動産やが、よう、と声をかける。こちらを見るのと同時に、巣の上からツバメが急降下した。ツバメは、おじさんの膝《ひざ》のあたりまで挨拶《あいさつ》するように、ぐんと降りてくると、すばやく上昇して電線にとまった。おじさんはツバメをじいと見ている。

おじさんは、鳥に好かれる。早朝には駅前で、鳩《はと》に袋菓子をまいてやる。駅前には専用のちいさな椅子《いす》がある。脚に車のついた事務用の椅子で、背もたれがとれている。

毎朝そこに座って、菓子をばら撒《ま》いて、仕事を待っている。鳩は餌《えさ》をくれるものと思っているから、そばを離れない。

おじさんの仕事は、商店街のひとたちの手伝い。不動産やの前の道を掃除したり、酒やのゴミ出しをしたり、客が混んでいて買い物に出られない、餅《もち》菓子やのおばさんの弁当を買って来たりする。駅前の掃除もおじさんの仕事で、あとから掃除をするのが大変になるのに、鳩にせがまれて菓子を撒いてしまうのだった。

いつも黒っぽい服を着ている。一日じゅうほこりっぽい往来にいるから、汚れが目立たぬ服を選ぶのだろうか。冬には、重そうな黒革のコートを着ていた。ごましおの頭と無精ひげ、おじいさんと呼んでもいいぐらいの、おじさんに似合っていた。頑丈な体つきをしているから、若い頃は、体を使う仕事をしていたひとかもしれない。

仕事を頼む店のひとたちは、若い頃からのつき合いなのだろうか。ひとつ九十円の豆餅、六十円のおいなりさん。小銭を扱って堅い商いをしている餅菓子やのおばさんが、ある日ふらりと来た人間にお使いを頼んだりしないだろうから。

天気のいい日は仕事もそれなりにあるらしく、駅前にずっと座っていることはない。不動産やの暇つぶしにつき合うのも仕事のうちなのか、店先に椅子を並べて座談会をしていることもある。出席するのは、おじさんと不動産や、それからおじさんの友だちの小柄なおじいさん。おじいさんは、ときどきおじさんの手伝いをしている。論客となったおじさんは、難しい顔をして眼鏡を磨いている。

雨の日は、退屈そうに駅前の椅子に座って煙草《たばこ》をふかしている。煙草の赤い箱をしわりとひねりつぶす。機嫌もよくない。

……腰が痛い痛いってくどいといてよ、酒はやめねえんだよ、あのばかやろう。

誰かの悪口を大きな声で言っている。退屈だから独り言が出る。雨だから、鳩も来ない。

いつかの雨の日には、おじいさんがおじさんの手伝いをしながら、煙草をねだっていた。

……おれが今まで一度だって、あんたに煙草くれっていったことがあるかい、ようったらよう。

おじいさんは情けない声をだしてねだるのに、おじさんは無視して駅前を掃除している。頬のあたりをこわばらせて、自分は煙草を吸いながら掃いている。仲良くしているように見えても、煙草をおごってはやらない。おじいさんも気の毒だったが、おじさんの暮らしぶりをのぞき見たようで、うしろめたかった。

それからしばらくして、夜中に月を見ていたら、クリームパンのことを思い出した。

通勤途中の公園に、おじさんがいた。ベンチに腰掛けてクリームパンを食べている。首を傾けて、つやつやしたパンにむかって大口をあけている。いつもは腹がふくらめばいい、というように道端で飯をかき込んでいるのに、うれしそうにパンからはみ出した黄色いクリームをなめていた。不思議に明るい心持ちになった。それでその日の昼は真似《まね》をして、クリームパンを食べた。おいしそうに食べていたから、食欲が影響されたのだった。

いいわけのように明るく、ぽってりとした夜中の満月は、菓子パンのなかのクリームの練り上げたような黄色をしていると思った。

やもめ酒場

飲み屋小路に行くときは、団地のなかを通りぬける。広い敷地にぽつぽつと白いアパートが建っている。

ちいさな庭に、バスケット・コートがある。どくだみが咲く松の木陰、ひからびたアロエ、浄水槽の横から飛び出した大輪のバラ。荒れた庭に気まぐれに植えられた、木や花を見ながら歩く。素通りすれば近道になるのに、あちらこちらと足を止めるから、かえって遠回りになる。

おおきな枇杷《びわ》の木に西日があたり、うす甘いにおいがする。枝には小ぶりながらたくさんの実がついているが、取って食べる人を見ない。三つ四つ五つともいで、その場で食べると、ぼんやり甘く水っぽい。放ったらかしの味がする。

少し前まで、町にはたくさんの枇杷の木があった。

そこらじゅうに熟した実が落ち、蟻《あり》がたかっていた。小さなアパートのわき、接骨院の庭、質屋のレンガ塀の向こう側。古い家々のあった一角が、再開発され更地になり、枇杷の木も少なくなった。

水飲み場でべたべたになった手を洗い、ついでに顔や首にも水をかける。これから行く店はおしぼりなんて出ないから、さっぱりしておかなくてはいけない。

団地の門灯がつくと、なまいきざかりの少年たちがボールをつきながらやって来る。夕焼け小焼けの歌が町に流れ、役場の放送が、お子さんたちはおうちに帰りましょう、という。

はじめにおかみさんの遺影が目に入る。たいへんな働き者だったと、みながいう。少しまえまでは、葬式で使った黒い着物姿だったが、いまは割烹着《かっぽうぎ》のいい写真になった。店に入ると、おかみさんの写真に挨拶《あいさつ》する客もいる。

ほどよくきたないやもめ酒場は、カウンターに十人、小あがりが二席。五時を過ぎると、すぐに満席になり、油のはぜる音や、約束どおりに集まった一団の乾杯で、にぎやかになる。カウンターでは、くたびれた風体のなじみの客たちが、ひっそりと飲み、食い、煙草《たばこ》を吸う。

夫婦ではじめた店だった。おかみさんは、若いのに急に亡《な》くなった。働きづめだったから、というひともいた。男やもめになったおじさんは息子と店を続けている。息子はやりたかった仕事をあきらめて、この酒場で働くことにした。

……だから、ここの兄ちゃんはえらいんだ。

赤い顔をした客がおおきな声をあげる。酒にも自分のはなしにも酔っているから、本当のはなしかどうかは、わからない。おじさんも兄さんも知らんぷりをしている。

酒場の近所に魚市場があって、おじさんが仕入れに出かける。

……この赤貝は、ひとつ二百円で仕入れたのを三百円で売ってんだ。儲《もう》けなんかないよ。うちは収入が少ないから、お客から消費税、もらえねんだよ。

ずんぐりとした体を揺らして、もごもごと魚の自慢をする。子供っぽい丸顔は笑うとつやつやと赤らむ。すぐに値段のことをいう。仕入値まで正直にいうのがおかしい。

安い、安いと自慢するのもへんなはなしで、はじめから高いものがない。いかわたホイル焼、百円。赤えんどう豆、百三十円。マグロなか落ち、どんぶり一杯三百円。いちばん高いのは七百円の生ウニだが、食べているひとを見たことはない。

おじさんが綱のようなタコの足を振りまわす。生ダコ、うまいのよとなじみの客にすすめる。常連のおじいさんたちは、歯が悪くて食べられず、人気がない。おじさんは、タコ足をまじまじとながめて、明日は煮ダコだなあ、と残念そうにいう。

おじさんは、魚をいじってるのが好きだから、刺身以外の注文は耳に入らない。ぬか漬けを頼んで、出てきたことがない。注文とりも、熱燗《あつかん》の世話も、フライも、トマトも全部兄さんの仕事になる。

注文が殺到すると、兄さんはすこし不機嫌になる。銀ぶちの眼鏡の奥が険しくなり、おかみさん似のしもぶくれ頬が、ふくらむ。おおきな体の動きがあわただしくなり、鍋《なべ》やフライパンの扱いが乱暴になる。

刺身ばかり作っては自慢して喜んでいるおやじにむかって、ぶつぶつと文句をいう。親子の雲行きが怪しくなると、客の声もおとなしくなる。

そんなとき、テレビを眺めていたおじいさんが、

……兄ちゃん、地酒ちょうだい。今日のはどこの。

とたずねるのである。

兄さんは、茨城の見つけたから、取って来るよと、店の裏に引っ込む。重たい空気が晴れて、店がまた騒がしくなる。

兄さんは、日本酒に詳しくて、ちいさな蔵元のうまい酒を見つけるのを楽しみにし

ている。見つけた酒の講釈をするのがうれしい。それをわかっていて、おじいさんは助け船を出した。なじみの客には、役目がある。

やもめ酒場には、横丁でいちばん立派なテレビがあって、夏はナイターがついている。おじさんは、横浜ファンで、今年は開幕二試合めであきらめてしまったという。野球のはなしが盛り上がらない。横浜には、奮闘していただきたいといいたい。

はだかの先生

冷蔵庫から、ちくわが出てきた。

買ったことを忘れて、入れっぱなしにした。大事にしすぎたチーズや干物《ひもの》もこんな憂《う》き目にあう。すぐに食べきらなくてはならないから、ひじきの煮物に入れて食べたが、まだ八本もあるので、おすそ分けに出かけることにする。

賞味期限を気にせずに喜んで食べてくれる知りあいがいる。うすい輪切りにして湯にとおして、さくらんぼの入っていたパックに入れる。知りあいはシブい舌をしていて、さくらんぼよりもちくわの方を好む。

買い物かごのなかには、いつもタオルとちいさなせっけんが入っている。ポケットに五百円玉を入れて、出かける。商店街を抜けて細い路地に入ると、コンクリートの煙突に黒い煙がたなびいている。煙突には、赤い文字でゑびす湯とある。

ゑびす湯は戦前からの銭湯で、入り口の横にちいさな祠《ほこら》がある。かつては、縁日の夜店がならんだ。細い路地に夜店がならんだ光景を想像して歩く。こどもは、うれしくて走りまわる。おとながひやかす店は古道具やだろうか。

知りあいは、すでに五、六匹待ちかまえていた。祠は、このあたりの猫たちの社交場になっている。近所のひとたちがかわいがって餌《えさ》をやっているのは、ちかごろ珍しいことかもしれない。野良《のら》猫でもペットフードや、おかかごはん、煮干なんかを食べている。こどもが、あいちゃーん、と呼ぶと飛んでくる三毛もいる。ちいさなアパートが多いから、家で飼うことはできないが、町内全体で飼っているようで楽しい。祠のまえにある駄菓子やに、あとでかたづけますからと声をかけて、ちくわを置く。食べているところを見ようと待っていると、用心して近寄らない。そういうところは、飼い猫とちがうからしかたがない。ゑびす湯から、こんと湯桶《おけ》の音がする。

越してきて、銭湯が多いことがうれしかった。銭湯銀座と呼ぶひともいる。しばらくは、銭湯めぐりを楽しんだが、いまはゑびす湯に入る。ちいさな感じのいい庭があるのと、湯が熱すぎないところがいい。

町の暮らしに重要なことは銭湯で学んだ。銭湯には、はだかの先生がたくさんいる。八百やもとうふやもスーパーの朝市も、脱衣場で教わった。咳《せき》をすれば、近くの医院をすすめられた。院長よりも、息子の副院長のほうが、注射がうまいからと、副院長のいる時間も教わった。

はだかの先生たちは、病院の情報はことに詳しい。春の人事異動でいなくなったお医者さんが、どこの病院に移ったか。かわりに来た女医さんは、ちょっと頼りない。風呂《ふろ》あがりの脱衣場でパンツ一丁で話しこんでいる。

代替わりして量が少なくなった、と悪口をいわれている蕎麦《そば》やもある。

……本格的にしちゃってさ。こっちはあの子が赤ん坊のころから行ってるのにねえ。背中を流しあいながら、こぼしているのを、泡の吹き出す風呂のなかでながめた。

おばあさんたちは、ていねいにからだを洗う。流し場にぺったりと座って、すみずみまでゆっくり洗う。白くふくよかな背中が赤くなるまで、じっくり磨く。たっぷりとしたからだの曲線が美しい。

からだを洗っていると、となりに座った赤髪のおばあさんが、十三万円だってさ、と話しかけてきたことがあった。ゑびす湯のわきに借家のふだがついていた。内装工事のひとたちを眺めているところを、赤髪のおばあさんが見ていた。

なかに入って見てきたという。二階にもトイレがあって、あれで十三万円なら、すぐ借り手がつくね、といった。

その言葉どおりにすぐに借家のふだははずれた。その家の新しいあるじは、猫ぎらいらしく、玄関前に水の入ったペットボトルがずらりと並んだ。猫ぎらいが猫の社交場のまえに住んでしまったのは、気の毒だった。

風呂から出ると、ちいさな庭をながめながら、マッサージ機に足をのせる。年代物の機械で、突起のついた円筒が、がらんがらんとまわる。

……毎日のっけると、血のめぐりがよくなって、よろしゅうございますよ。ゑびす湯の奥さんがいう。マッサージ機は無料で使える。人気があるから、次のひとが風呂から出てくるまでしか使えない。番台にいる奥さんは、いつも男ものの眼鏡を鼻にひっかけて新聞を読んでいる。新聞をめくるたびに、眼鏡がずりおちる。

脱衣場の天井絵をながめながら、がらんがらんとやっていると、開け放っている縁側から、風が通る。柱時計のうえでは、木彫りのえびす様がにっこりされている。

表に出ると、ちくわはなくなっていて、猫たちは白壁のうえで、おなじ方に向かって一列に並んでいた。

まえに住んでいた町にも銭湯があった。ベランダから見る景色に、煙突があった。おおきな藤棚のある湯だった。ある晩、外から戻ってベランダに出ると、煙突が消えていた。掘りおこされたばかりの土の、香ばしいにおいがした。
親しい景色があっけなく消えることを知ったのも、銭湯だった。

とうふや巡礼

毎日とうふを食べる。

ちかくにとうふやが五軒ありますというと、驚かれたり、下町はうらやましいといわれたりする。いちばん遠いところでも歩いて十分はかからない。散歩にでかけた帰りに、そこからいちばん近いとうふやに行くことが多い。店ごとに、とうふの味や硬さがちがう。それぞれおいしさがちがう。それがおもしろくて、あちこちの店で買う。冷奴が食べたいから、今日は神社の方へ行ってみようかと思ったり、厚揚げをつまみに一杯ともくろんで、踏切を渡ったりするほうが、多いかもしれない。

この町のとうふの値段は、どこも一丁百四十円。まえに、厳選素材をうたったすこしだけ高い値段のトウフショップというのができたが、お客がつかなくてすぐに閉めてしまった。とうふやというのは、地元の店の味と値段になじんでいるぶん、新しい店が参入するのは難しい。

神社の参道のとうふやは、たいていガラス戸の向こうで麻雀《マージャン》をしている。ごめんください、と声をかけても麻雀牌《パイ》のがらごろという音で聞こえないことがある。ようやくステテコ腹巻すがたのおじいさんが出てきて、買うことができてもうわの空だから、あぶらげが厚揚げだったり、もめんが絹ごしだったりする。それでも、おじいさんの作るとうふは、角がぴしりとしていて姿がよく、律儀《りちぎ》な味がする。おじいさんは、そそくさと小銭を受け取ると、小走りに奥へともどっていく。ひとくちで食べられるさいころ厚揚げというのをよく買うが、さいころというよりも、すこし横長で、麻雀厚揚げのほうが正しい。

早朝からやっているところもある。ちかくのひとたちは、パジャマ姿で来て、湯のみに豆乳を入れていく。ちいさなコップに入れてもらってその場で飲むと、からだのなかが、ゆっくりと温まる。重量感のあるとうふは、味が濃いから、なにもつけずに食べてもおいしい。夏のあいだは、ラジオ体操帰りのこどもたちが、列を作っていた。コンビニエンスストアのないあたりだから、朝早くから開いている店にはしゃいでいた。

夕暮れごろに出かけて、ほろ酔いで寄る店は、九時ごろまでやっているから、勤めがえりのお母さんたちで混んでいる。すぐ隣に、八百やと魚の引き売りのおじさんがいるから、駅からまっすぐこの店にくれば、晩の食卓がととのう。

ゆるめのもめんどうふは、湯どうふ向きなので、冬場はこの店のあたりを歩く。気みじかな、いつでも赤い顔をしたおじさんと、しゃがれた声のおばさんがてきぱき働いている。

いちばん遠くの老夫婦の店は、休みの日が決まっておらず、行くと閉まっていることのほうが多い。それでも、おばあさん手製の五目豆やひじき煮につられて出かけていく。しょうゆをきっちりときかせた煮物の味には、おばあさんの気質がでている。ここのとうふの、すっきりした喉《のど》ごしと、豆の風味で、きぬごしどうふのおいしさを知った。

頼りにしているのは、いちばんちかくのとうふやで、盆暮れにしか休まない。おじさんもおばさんも、もう若くはなく、ぽっかりとした昼間、店のわきの畳で大の字になって寝ている姿を見ると、無理をしていなければいいと心配になる。

植物を育てるのが上手で、軒先を藤とぶどうの棚にしたてている。夏場は、葉がしげるから、待つ客も涼しい。気前のいい店で、どんどんおまけをしてくれる。とうふを一丁買えば、もめんにはきぬごしが三分の一丁ついてくるし、あぶらげを二枚というと、かたちが悪いのなんだけど、と三枚油紙にくるんでくれる。納豆には、店先で育てているしその葉っぱ。おからには、だしになるよと切り昆布、というぐあいで、一度にたくさん買うと、はじめに何を頼んだのかわからなくなる。

しらたきと焼きどうふを買ったときは、……すき焼きがおわったら、おからを入れるとおいしいの。おからが多いようだったら、冷凍してね。ひと月はもつっていうから。

ひっつめ髪のおばさんが教えてくれた。晩のおかずはお見通しなのだった。すき焼きなんてめずらしいわね。そう思われたのかもしれない。

いわれたとおりにしてみると、ほんとうにおいしいのだった。卯《う》の花いりをわざわざ作らなくてもいいのが便利だった。

親切で気前がよくて、味もいいから、経済家の奥さんに人気がある。おおきい鍋《なべ》を持ってきて、五丁も買っていくひともいる。迷わず得な店へ行って、たっぷりと買って家に急ぐ、健全なすがたを見るのは、すこし後ろめたい。今日はあちら、明日はこっちと気まぐれな買い物は、その日暮らしのいいかげんさがうかがいしれてしまう。

……あら、いいにおい。

日焼けした若いおかあさんが、自転車のうしろにこどもをのっけて、ハンドルにとうふの入ったビニール袋をひっかけて、力いっぱい帰っていく。店さきのおしろい花は、夕暮れどきがいちばん香る。

別の日。商店街で自転車に乗った男のひとに、お風呂《ふろ》ですかと声をかけられた。ジーンズにアロハシャツを着ている。見覚えのないひとだったので、首をかしげた。相手は、わかりませんかといって笑ってむこうを指す。その先がとうふやだった。店のなかにいるよりも、ずっと若く見えた。いつも会っているのにわからない。お店のひとには、ときどきそういう失礼をする。

古着見学

このところ、カウベルの音で目が覚める。日が出てまもなくの町のなかで、あんまり毎日にぎやかだから、ほんとうに牛でも歩いているのかしらと窓から顔を出してみたら、散歩中のおばあさんがたすきがけしているかばんに、おおきいのがついている。のどかなカウベルの正体がわかると、すこしあじけない気もしたが、目ざまし時計の音に起こされるよりも、のんきに朝がやって来る。おかげで早起きにもなったから、ありがたいと思わなくてはいけない。

空が明るくなると、虫の音《ね》が細くなる。ひんやりした早朝の空気には、金木犀《きんもくせい》のかおりがいっぱいに満ちている。

ちかくの小学校には、金木犀と銀木犀が対で植えられている。銀のほうは、金のよりひと足遅く香るようになる。ふっくらとした甘さが漂うと、いよいよ空気がつめたくなる。

駅の反対がわにあるいつもの古着やに出かけると、店は閉まっていて、買いつけのため休みますと貼紙《はりがみ》があるのだった。またにしようかと歩きかけて、新しい古着やができたのを思い出して、のぞいてみることにした。

ちかごろ、老人ばかりの町に、若いひとが増えている。古い街なみに自作のオブジェを飾ったり、路地裏でのびている猫の写真を撮っている。銭湯やだんごやで、おばあさんにまじって楽しそうにしている。

そんなふうに、だんだん町になじんで、働く場所を見つけるひともいる。飲食店や花の店、洋服の店を始めるひともいて、ひからびたような商店街にすこし活気が出てきた。

新しくできた古着やも、街道沿いの古いビルのうえにある。手づくりのしゃれた木の立看板が通りに出ているのを見かけていたのだった。古着を見るのも着るのも好きだから、古着やが増えたのはうれしい。

古着やのいいところは、いくつもある。なかでも、店のひとが静かなのがありがたい。店のあるじはたいてい男のひとで、こちらがなにか声をかけないかぎり、うんともすんともいわない。音楽やＦＥＮなんかを聴きながら、アイロンをかけていたり、値段をつけたり、外をぼんやり見ていたりする。

客のほうもデパートのようにあれこれ世話をやかれたり、気にいらないものをすすめられたりしないから、のうのうと広げてみたり、からだにあててみたりできる。そうしているあいだも、あるじは客なんか見ていないふうにしている。わざわざ近づいて、客が広げた服をすぐにきれいにたたんだりもしない。

服の種類がすくないのもいい。上着、シャツ、ズボン、セーター、トレーナー、店によって靴や帽子がすこしある。一枚ずつハンガーに吊《つ》るされたトレーナーは、型はおなじでも胸や背中にいろんな文字や絵がある。スヌーピーやミッキーマウスも、作られた年代で、顔がちがっていておもしろい。アメリカからくるものが多いから、ミシガンやシカゴあたりの学校やスポーツチームの名がついていたりする。一枚ずつながめているとあっというまに時間がすぎる。

アイロンがきちんとかけられたシャツや、色ごとに分類されたＴシャツが行儀よくならんでいるのは、商品というよりも、展示品に近い。古着やに行くときは、買いものというよりも、ちいさな資料室を見るような気分になる。

新しい古着やも、そういう古着やのよいところを踏襲した、感じのいい店だった。

なつかしいブレッドのCDがかかっているのも、よかった。若い店主は、たずねてきたともだちと話しこんでいる。ともだちは、近々結婚するらしく、お嫁さんと自分の親のあいだにはいっていろいろ困ったことがあるのだった。おおきな声で、何度も、もうやめてえよう、とこぼしている。そのとき、
……とにかくさ、風とおしよくしてさ、なんでも親にいっちゃったほうがいいよ。その方があとでうまくいくって。
といいことをいったので、感心した。若くて自分で商売始めようとするくらい、しっかりしたひとのいうことは、説得力があるのだった。あんまりいいことを聞いたから、ズボンをさがすのが留守になって、結局買わずに店を出た。
ともだちに、ジーンズに詳しいひとがいて、いろいろ見せてもらったことがある。ジーンズの製造年代を見きわめるには、いろいろと細かなところを点検する。縫い糸の色とか、裾《すそ》の縫い方、ボタンのかたち、あちこちめくってたしかめる。見きわめ方は、覚えきれなかったが、そのとき見た古いジーンズの美しさに目をみはった。いま作られているものとは、染料がちがうのだという。布になるまえの糸の一本ずつに、しっかりとしみこませたような深みのある藍《あい》いろは、洗って、はいてをくりか

えすうちに、複雑な味わいを出す。まんべんなく白っぽく色あせる、今のジーンズとの決定的な違いなのだそうだ。

いつかはほしいと思って見ている。古着だから、なかなか気にいったものや、ちょうどいい大きさのものがない。新しい古着やでも、そのうち見てみようと思う。気ながに待っているうちに、ビールをたくさん飲むようになった。腹が出てきてサイズがかわっていくのは、おもしろくない。

火の用心

新しい駅ビルの工事がはじまり、ロータリーのまんなかにあった時計がなくなった。腕時計をしないから、時間を知りたいときは、町なかの時計をさがす。薬局のレジのわき、コンビニエンスストアの奥、美容室の鏡のうえ、電車のとなりのひとの腕時計と、歩くところの時計の位置は心づもりしている。携帯電話が世に出るまでは、みんなそうしていた。

ロータリーの時計は、なかでも便利だったから、日に何度も見た。とりはずされてから、ずいぶん経《た》つのに通るたびに首をひねる。一度ついた癖は、なかなかとれない。変わっていく景色に、ひとのからだが追いつかない。

駅前に今川焼やがある。寒くなると行列ができる。ロータリーに面していて、老若《ろうにゃく》男女《なんにょ》が黙って並んでいる。

まえを通ったとき、新聞を読みながら並んでいたおじさんが、がさりと顔をあげてロータリーのほうに顔をのばした。おじさんは、すこしぽかんとすると、コートのポケットから携帯電話を出した。それを見て、ああ、あのひとも、と思う。おなじ時計を頼りにしていたと思うと、同胞ですと声をかけたくなった。

日中ふらふらしているあいだにもどしておいた豆を、晩になってゆでる。乾物をもどすのは、おもしろい。でかけるときに水のなかに放りこんでおくと、ぽわんとふくらんでいる。しいたけも大きくなるからたのしい。貝柱やえびもいい。だれもいない台所に、生き物が動いているようなのがいい。

寒くなるとよく眠る。台所仕事でもしていないと、日が暮れたとたんにあっさり寝てしまう。豆をゆでるのは、夜長を楽しむための策でもあるのだった。

いろんな豆をすこしずつ混ぜてゆでる。とら豆、緑豆、ささげ、白いんげん、金時。大きさもかたちも、ほんとうはゆでる時間もちがうのだが、気にせずいっしょに放り込む。

豆がやわらかくなるまで、ラジオを聴いたり、ＣＤ一枚ぶん歌ってみたり好きなことをして遊んでいる。遊びながら、ときどき鍋《なべ》をのぞきに行く。豆がゆらゆらしている鍋のなかは、色とりどりのモザイクになる。ちかごろは足のつぼを押していることが多い。おもしろがって、ぐいぐいと押していると、拍子木《ひょうしぎ》の音がきこえる。

この部屋は、駅からつづく商店街のつきあたりにある。細くながい商店街のまんなかあたりに町内会の寄合所があって、冬場は消防団の詰所になる。一日じゅうひと通りがあり、消防署も近いから、なんとなく気楽なところがあって、詰所はいつもにぎやかなのだった。

詰所にいる消防団員はたいていおじいさんで、昔ながらのはっぴに、鳩《はと》のくちばしのようなつばのついた帽子をかぶり、ストーブにあたっている。消防団のお世話は、婦人会がする。おばさんたちは、割烹着《かっぽうぎ》に火の用心のたすきをかけている。

消防団は、夕暮れに集まると、まず宴会を始める。

ストーブのうえに大鍋をのせ、おばさんが次々ととっくりをいれる。通りにするめをあぶるにおいがする。持ち寄ったおかずに箸《はし》をのばしているひともいる。

日が落ちたころからだがあたたまって、腹もふくらむ。すでにいい気分になっているから、消防団はにぎやかな酔っ払いの行進になる。拍子木を打っては、拡声器で、……火の用心。気をつけよう、甘いことばと暗い道。痴漢にあったら、股《また》を蹴《け》り上げましょう。正当防衛で犯罪にはなりませんよう。

大声でいって、どっと笑っている。一行は、がやがやと町内を大ざっぱにまわると、また詰所へ戻っていく。よろついた火の用心だが、にぎやかな行進がおかしくて、みな許してしまっている。

ところが、街道をはさんで反対側にある、となりの町会の消防団の夜警は、深刻そのものだった。

となりの町会は、さびしい道に古い家がひしめきあっていて、おととしはひんぱんに付け火があった。消防車のサイレンが鳴り響き、窓に赤いランプがまわりながら反射する晩がたびたびあった。窓をあけると、風にのってほこりの燃えるにおいがした。しばらくして犯人は捕まったが、消防団のひとたちは、夜通し見回ることを今年も続けている。詰所も暗い裏通りにテントをはっている。おじいさんたちは、寒いなか腕組みをして厳しい顔をしていた。

遅くなって拍子木の音が響く。火の用心の細い声が澄んだ空気にのって届き、すこしさびしくなったころ、いちばんおおきい豆がやわらかくなる。

ゆでた豆は、スープやカレーにいれたり、おかゆにいれたりする。ひじきの煮物にもいれる。はちみつをかけて冷たくして食べるときもある。ウィスキーのお湯割りにあう。寒い晩に、頬の力がぬけるような味がする。

まるいおもち

こどものころ、よく家出をした。

はじめの家出は、三歳だった。理由は忘れたが、こんな家にはもういられないと、憤慨して飛び出した。ちかくの駐車場に隠れてやれと車のしたに尻《しり》からもぐりこもうとしていたところを、会社帰りの父に見つかり、あっさり連れ戻された。

こんなにいじめられる毎日はうんざりだ、と出て行ったこともある。両親と離れると思うと泣けてしかたがなかったが、出て行かないわけにはいかない。

すこし知恵がついたところは、食糧が必要だと考えたことで、叔父がクリスマスプレゼントにくれたお菓子の入った長靴を持って、家出してやると宣言する。べそべそと出て行った。行くあてがないから、まゆみちゃんの家に行った。まゆみちゃんと遊ぶうちに、家出したことをうっかり忘れて、家に帰ってしまった。

最後の家出は、小学生になってからだった。公園の横に大きな土管が転がっていて、そのなかに住んでみたくなった。土管のなかで、食事をしたり、寝たりするのは、おもしろいにちがいないと興奮した。おっとりしたまゆみちゃんも巻き込んで土管のなかにもぐって計画をたてた。

母に公園の土管で暮らしてよいか、と尋ねると、はいどうぞ、とあっさりいわれたのが気に入らなかった。お菓子やら毛布を持って、家出しますといって土管に行ってもスリルに欠け、五時のチャイムがなると、さっさと家に帰った。この通い家出はしばらくして、土管が消えたからやめた。

そうやってだんだんと家出するほどの憤慨もないぼんやり者になっているのに、桜の枯葉のにおいや、ころがっているどんぐり、枯れたねこじゃらしを見ると、わずかに残った家出願望の種がはぜるような気がする。

数年まえまで、実家では正月が近づくともちつきをした。もちをつくのは三人のおばあさんの仕事だった。

おばあさんたちは、三姉妹で、家は農家だった。うえのおばあさんは、おおきな農家に、末のおばあさんは、おおきな商家に、まんなかのおばあさんは、軍人にとそれぞれ嫁ぎ、まんなかの、うちのおばあさんだけ戦争で夫を亡《な》くした。

うちのおばあさんが七十ちかくまで、気ままなひとり暮らしをしていたころ、電動もちつき機を購入した。そして、年末になるとちいさな家に姉妹で集まって正月のもちをつくようになっていた。そのうちおばあさんが両親といっしょに暮らすことになり、恒例行事もいっしょに越してきた。

クリスマスがすんで、年越し準備があわただしく過ぎるころ、ぽっかりとあく日があるものだった。もちつきの日が、毎年、比較的寒くなく、雪が降りそうで降らないどんよりとした曇りの日になったのは、年寄りの勘だったのだろうか。

もちつきのまえの日、うえのおばあさんの家から大量のもち米が届けられると家じゅうのバケツやボウルに水をはり、もち米をひたした。台所の床が水を張ったバケツだらけになると、もう自分では台所に立たなくなったうちのおばあさんは、うれしそうにたびたびのぞきにきた。

もちつきの朝は早い。家族の運転する車に送られて、たっぷりと厚着したおばあさんたちがやって来る。

……おはようさん。

……よくきたの。ごくろうさん。

玄関先で、うれしそうに、両手をついてていねいに挨拶《あいさつ》をする。うえのおばあさんは、とれたての野菜を、末のおばあさんは、婚家に古くから伝わっている立派な漆の餅箱《もちばこ》を、それぞれかかえて来るのだった。

電動もちつき機は、もち米と水を入れて、ふかして、つく。ふかし終わるときと、つき終わるときに大きなブザー音がした。おばあさんたちは、ブザー音がなるたびに、ふかし終わったのか、つき終わったのかと、みんなで台所に確認に行く。

もちがつき終わると、そうれ、ほいほいなどと声をかけて、機械からあつあつのもちをとりだし、片栗粉をまぶした大鉢のなかにいれる。実家のあたりは、昔からまるもちなので、三人は慣れた手つきで熱いもちをまるめる。もちの熱で赤くなった手は、しわだらけだが、もちのしわは、きれいになかにいれ込んで、つるつるとした、同じ大きさのまるいもちをたくさん並べた。

家庭用のちいさなもちつき機で、三軒ぶんのもちをつくから、ふかして、ついて、まるめるを何度もくりかえす。おばあさんたちは、機械が働いているあいだは、テレビをみたり、うとうとしたり、おやつを食べたり、ひざをつきあわせてちいさな声でぼそぼそとおしゃべりをした。そして、ブザーに呼ばれると、そうれ、と台所に向かうのだった。

昼どきになると、末のおばあさんの家から差し入れが届く。毎年きまってうな重で、末のおばあさんのまるい顔がちょっと晴れがましくなった。こんなにたくさん食べられない、と尻ごみするのはきまってうちのおばあさんだった。姉と妹は、ゆっくり食べれば平らげてしまうのを知っているから、おっとりと聞き流している。

お飾り用は、さいごに作った。風呂場《ふろば》や窓辺に置く豆のようなのから、床の間に飾るおおきいものまで、三人はそれぞれの家に必要なものを作る。末のおばあさんは、立派な漆の箱におおきなもちをしまい終わると、安心した顔をした。舅《しゅうと》姑《しゅうとめ》はとうにいないのに、役目をはたしたお嫁さんの顔になった。

あたりが暗くなって、雪がちらついてきたころ、ようやくもちつきが終わる。車の迎えが来て、おばあさんたちは、またころころと厚着をして、もちをかかえて帰っていく。上気した顔で、満足げに、ありがとさんといって背中をかがめて車に乗り込んだ。

実家のもちつきは、うえのおばあさんが亡くなると、ぱたりとやらなくなってしまった。

無口で、妹たちのはなしをのんびり聞いているひとだった。ほかの二人は眠れなくなるからと嫌うのに、ひとりだけコーヒーが好きだった。眠れないときは、家族が目を覚まさないように、ふとんのなかでじっとしているといっていた。もち米の手配や、もちをまるめる手際《てぎわ》のよさを日常的にこなせるのは、農家に嫁いだこのおばあさんだった。

もちつき機は、段ボールに入って、食器棚のうえに積まれている。その箱が視界にはいるたびに、冷たい台所の床にぺたりと座って、湯気で顔を赤くしてうれしそうにもちをまるめていた三姉妹の輪を思い出す。

猫みちあるき

歳時記では、猫の恋は春の季語になっている。じっさいは、年じゅう甘い声を出している。特に寒い晩には明け方まで熱烈な声がやまず、迷惑に思うこともある。

銭湯わきの狭い路地は、猫みちとよばれている。古い木造の家がびっしり並んだ横丁の、ちいさな弁天さまのまえで朝に晩に色柄さまざまな猫たちがたむろしている。

そのなかに二匹の母猫がいた。昨年同じ頃にこどもを産んだので、通るたびに足をとめるようになって、気がついたらひどい名前までつけていた。

ビジンさんとぶすこちゃん、とつけた。

ビジンさんは、弁天さまの前のアパートの入り口をすみかにしている。日のあたるコンクリートのうえに寝そべって、気だるく毛づくろいをしている。

ニッキ色のしま目がきれいで、小柄なからだに猫にしてもおおきな目は、ひとでいえば、ソフィア・ローレンに似ている。

子育てよりも恋愛活動のほうに重きをおいていて、夕暮れになると、銭湯のブロック塀のうえに飛び乗ったビジンさんに、二、三匹の猫がのっかろうと順番待ちをしている。

ちいさいが丈夫なたちで、どんどんこどもを産むが、相手に恵まれないのか、ビジンさんに似た子猫はいない。子猫がじゃれると、うっとうしそうに怖い声まで出す。パーマ屋の奥さんが、かわいそうだからと牛乳を持ってくると、まっさきに飲みはじめるのはビジンさんで、奥さんが育児放棄よねえ、とあきれる。猫の母性愛も、天性のものではないのかもしれない。

奥さんはビジンさんを、ハナと呼んでいた。そのまえは中学生の女の子が、キクはかわいいねえと、しゃがみこんでいるのを見た。

このあたりの猫には、みんな好き勝手な名前をつけて可愛《かわい》がっていて、猫のほうもそれなりにやりすごしている。

一方のぶすこちゃんは、銭湯のならびの駐車場の奥に住んでいた。出入りのすくない車のしたにオス猫と二匹の子猫といっしょにうずくまっている。

黒いからだには白いぶちが気の毒なほど大胆に配置されている。特に鼻っつらのあたりは、横断歩道のようで、いちど聞いたら忘れない塩辛い声を出すが、おおきなからだにぺったりとした丸顔のぶすこちゃんには、下町のおかみさんの愛嬌《あいきょう》がある。

ぶすこちゃんの夫は、精悍《せいかん》な顔つきの灰色の猫で、日中も車のいちばん奥で目を光らせていた。その前に子猫がちょろちょろしていて、いちばん手前にぶすこちゃんがいる。冷蔵庫の残り物を差し入れに行くと、はいはいとぶすこちゃんが出てくるから、車のしたが、妙に所帯らしい。お茶の間に行ったような気がする。

今日はちょっとおごって乾いたチーズと牛乳です。差し出すと、ぶすこちゃんは、発泡スチロールの皿に鼻をつっこんでにおいをかぐ。そして、大丈夫そうねと思うと、だみ声で夫を呼び、奥からのそりとだんなさんが出てくる。だんなさんは、においもかがずに飲み食いする。

だんなさんが食べてしまってあいさつなしに奥に引き返すと、今度は残りを子猫に食べさせる。無邪気な子猫は、ぶすこちゃんと同じ黒猫で、牛乳をとびちらせながら平らげる。ぶすこちゃんは、それをじっと見ている。

何度か行くうちに、最初から食べものを全部出すと、ぶすこちゃんが食いはぐれることがわかった。そこで、こどもが食べたあとに、ぶすこちゃんの足もとに、これはあなたのだからと置いてみたのに、それすらだんなさんに食べさせようとするから健気《けなげ》でならない。あたしは太ってるからいいのよというように、じっと見ているだけなのだった。

寒い晩は、たいがい車の奥で一家そろってだんごになっていたが、ある晩酔っ払って帰るとき、だんなさんが車の前で冴《さ》えた空を見上げているのを見た。猫のお父さんも大変なんだろうねえとのん気に声をかけたが、無視されてつまらなかった。だんなさんには、なにか思うところがあったのかもしれない。今となってはわからない。

雪になれなかった雲が、ひと晩じゅう大雨を降らせた次の日、ぶすこちゃん一家が消えた。

車のしたは、雨をしのぐには格好の場所だったはずなのに、と何度か覗《のぞ》いたが、それきりいなくなった。

全員でいなくなったので、よかった。きっと別天地を目指したと思った。大雨は自分たちのにおいを消すのに都合のよい、絶好の引越し日和《びより》だったのだろう。白い車の前で、出がらしの鰹《かつお》ぶしの袋をぶらさげ取り残されて、そう考えた。

外で暮らす猫のさすらいに深追いはいけない。とはいえ、家族にばかり食べさせていたぶすこちゃんは、ちゃんと夫についていけるのか。こどもは新しい土地になじめるのか。余計な心配をしてみたのち、猫の行動範囲はそれほど広くはないから、またどこかで見ることもあるというところで落ち着いた。

銭湯の木蓮《もくれん》のつぼみはおおきくなり、食料品店の梅の盆栽はほころび、猫みちの母猫はビジンさんだけになった。

ビジンさんは子沢山でオス猫がむらがっているのに、本当はひとりでいることが好きなように見える。だれにも深入りしないように、用心しているようにも見える。ずっとおなじ土地でみんなに可愛がられながら生き延びるのも、またさすらう猫のすがたと思う。

ビジンさんのこどもたちも、ずいぶんおおきくなった。もうすぐビジンさんのおなかはまた膨らんで、銭湯の薪《まき》置き場では子猫が生まれるのだろう。猫みちを通るたびに、おなじ風景はないのだとながめる。

ひとの暮らしは、しゃべったり、乗り物にのったり、泣いたり笑ったりしていて猫よりも忙しいはずなのに、気がつくと、ゆるんだ目でぼんやりしてばかりいる。

変わっていく景色を見逃さないようにと声をかけてくれるのは、いつもちいさい生きものの健気な息づかいだと思って歩いている。

春雨泥棒

夜になってから、雨が降り出す日が続いた。

親切な寿司《すし》やの奥さんが、傘を貸してあげましょうといってくれたのに、それほど遠くないからと断って歩き出すと、霧雨ながらたっぷりとした降りで失敗した。尻《しり》ポケットに入っていた手ぬぐいをかぶって急いで歩こうとしたら、足もとが揺れる。注ぎ上手のおじいさんのとなりに座って、足をとられるほど飲んでいた。銀行の社宅も、ちいさなアパートもひっそりと寝しずまり、暗い道の先にこうこうと明るいのは、朝刊の準備をはじめた新聞販売店だけだった。

小学校の裏門のまえに、ごみがひと山積んである。朝になって収集の車がきたら、手ばやく持っていってもらえるようにきちんと用意されているのは、なんでもごちゃごちゃと捨ててあるこのあたりでは珍しいことなのだった。

この小学校は、四月になると歩いて十分ほど離れたところにある小学校と統合されて、閉鎖となる。門のまえに出してあるのは、春休みのあいだに校内の用具の整理をして不要となったものの山なのだった。

給食のおおきな鍋《なべ》、クラスごとの傘立て、使い古して黒々となったガスバーナー、扉がへこんだロッカー。学校の備品が外灯のしたで春の雨に濡《ぬ》れている。背もたれのない、四角い木の椅子《いす》も、その場に積み木のように置いてあった。

クラスがふたつしかないんです、と寿司やのおかみさんがいっていた。小学五年生の娘さんが通っていて、よく学校のはなしをしてくれる。ふたつしかないと、クラスがえをしても、あんまりさびしくなくていい、学年全員が仲良くなるし、こどもの数が少ないから、先生も熱心に見てくれる。

行事もひんぱんにあって、他の学年のこどもとも親しくなる。学校の外でも遊んであげたり、遊んでもらったりする。音楽発表会やお楽しみ会、秋の展覧会、餅《もち》つき大会などは、近所のひとも学校に行く。親御さんたちは熱心にポスターを貼《は》り、自転車置き場の整理をして学校の活動を手伝っていた。

展覧会は、楽しかった。図画工作、書道、生活科の研究発表の壁新聞などが学校の壁という壁に貼られてあった。トイレの壁に、「排泄物《ウンチ》のゆくえ」という、下水道の調査研究が貼ってあったのは、とてもいいアイデアだった。

こどもたちの絵は、明るい色と、のびのびとした線がたのしい。絵の好みや傾向に男女の差があまりないことを、新鮮に思った。男の子は青、女の子は赤、といった色の選び方は、もう見当たらないのだった。

昨年着任した若い図画の先生が熱心だというのも、おかみさんから聞いた。

絵や粘土だけではなく、いろいろなものを作らせてくれて、各地で開催しているこどもの図画コンクールに作品をどんどん出品してくれる。得意なところをうまく引き出してくれるから、みんな図工が大好きになったのだという。

……うちの子も、賞状をもらってきたんですよ。

このときだけ、寿司やのあるじが口をはさんだ。娘さんのはなしになると、可愛《かわい》くてしかたがないというように、細い目がなくなるほどうれしそうにする。

積み上げられた四角い椅子が、図工室の椅子であるとわかったのは、椅子のあちこちに点々と残った絵の具のあとがついていたからだった。

落書きではなく、うっかり筆の先をつけてしまって、そのまま色がついた線や点、木の表面についた細かなきずを見ると、そのまま立ち去れない。無骨な椅子が、偶然と時間がつくった作品に見えてくる。

簡素な椅子は、たくさんのこどもたちを腰掛けさせ、こどもたちはにぎやかに絵を描いたり、粘土をこねた。ときには刃物をあつかって、こっそり椅子をひっかいてみたこどももいたが、作りの頑丈さで耐えた。

統合さきの小学校の椅子を使うことになり、古い椅子たちは役目を終え、廃棄を待つ最後の晩を雨に濡れながらひとかたまりとなって過ごしていたのだった。そう思うとますます離れがたくなる。

たくさんあるから、捨ててあるのだから、ひとつぐらい失敬しても。過ぎた酒が勢いをつける。悪運強く、あたりは猫の子一匹見あたらない。

ひとつ持ちあげてみると、重さと感触の記憶がわいてくる。同じような木の椅子を使っていたこどものころは、重い椅子をひっぱって腰掛けるのが大変で、足にぶつけた。掃除当番のときは、机のうえにのっけるのがひと苦労だった。椅子を抱えて思い出しながら、来客用にもうひとつと欲の皮がつっぱる。

とうとう両腕にハンドバッグをひっかけるようにひとつずつ持つと、濡れた夜道を一目散に走った。手ぬぐいをかぶって走ったから、ひとにみつかったらまさしく泥棒になっていた。

深酒のうえにがつがつ走ったからすっかり目がまわり、部屋に帰ると、そのまま倒れて寝てしまった。

目がさめて正気に戻って、台所にふたつの椅子が置いてあるのを見たら、すこしひるんだ。昨晩の断片的な記憶を思い出すと、酔っ払いの大胆な仕業にひとごとのようにあきれた。

椅子は部屋にあると意外におおきいが、おなじぐらい古ぼけた部屋なのですぐになじんだ。腰掛けてみると、角張った縁が足にあたる感触がなつかしく、背すじがのびる。昨晩の雨と酒に勢いがあってよかったと、こっそり喜んだ。

そして、外に出されていたからほこりを取ろうと雑巾《ぞうきん》を水にいれたら、指や手のひらに切り傷がたくさんできていて、しみる。しぼると腕が痛い。両手に重いものを持って走ったから、筋肉痛になったのだった。きっと足には青あざができていると思うと、また情けなくなった。

雑巾で椅子を拭《ふ》くと、木のにおいがする。ごみにならずに新しい場所に来て、ひといきついたようだった。

大男のお茶

八十八夜が過ぎ、商店街のお茶やにみどりののぼりがはためく。新茶の季節がきた。日ごろは、鉄瓶からぐらぐらとした湯を乱暴にそそいで、ほうじ茶やそば茶を飲んでいるが、五月はじめの十日ほどは、毎年上等の新茶を送ってくださる方がいて、これはこれはとよろこんで飲む。

戸棚の奥から湯冷ましを引っ張り出し、たいそうにいれてみるが、いつもうまくいかない。

年に一度のことで、お茶っぱが高級すぎて分不相応なうえに、いれ方が悪いから雑でうすっぺらい味になる。せっかくの真空パックを破ってしまったからと、いいお茶なのにもったいないことをしていると、くよくよと飲みつづけるから、お茶はいよいよ頑《かたく》なに渋くなるばかりなのだった。

鳥海山《ちょうかいさん》というの山のふもとに、うちのおばあさんの弟の、大おじさんが住んでいる。山から庭木にする木を運んだり、田んぼと畑の世話をしたり、冬は川にはいってのぼってくる鮭《さけ》をとったりして暮らしている。八十歳を越えたいまも一年中日焼けして、熊《くま》のようにおおきい。この大おじさんのいれてくれるお茶は、親類縁者のなかでいちばんおいしいとされている。

大おじさんのお茶は、とても時間がかかる。いれてくれるあいだに、仏壇の水を取り替え、鈴を鳴らして手を合わせ、土産を渡して、家のひとたちに挨拶《あいさつ》して、近況を話して、くだものやおかしが出てくる。いつもこのあたりで、おじいちゃん、お茶まだかの、とせかされるが、悠々としている。ひっそりとおとなしいひとで、池の近くの窓際《まどぎわ》にすわって急須《きゅうす》のまえでじっとしている。

それからはなしは続き、親類縁者の近況から、テレビで見たからだにいい食べもののはなしまでして、話題にあぐねてなんとなくみんなにこにこと黙ってしまったころ、流木のような手が、ちいさくてすべすべした、茶色の湯のみを配る。

ひと口で体全体にしみわたるお茶の味は、このおじさんのお茶で覚えた。ぬるくて、とろりと濃いのに、すがすがしくて苦くない。

おじちゃんおいしい、というと、うほっほっほ、と笑う。こどものころから、この家に遊びに来ると、お茶は大おじさんということになっている。山のふもとの湧《わ》き水の甘さやわらかさも、大おじさんのお茶仕事の恩恵となっている。

おかわりといっても、のんびり取り掛かるが、ちっともいやがらずにゆっくりと何度もごちそうしてくれる。ほんとうは、からだのために控えなければならない、好物の甘いお菓子を食べながら、窓の外を眺めながら、じっくりいれてくれる。

そして、そろそろ満喫したと思うころ、大おじさんは、ごろりと横になると、それこそ熊のようなにぎやかさで、昼寝をはじめるのだった。

五歳うえにトドのような兄がいて、お茶をいれるのがうまく、ちいさなころから家のお茶いれ係だった。

おいしい、ていねいだ、おなじお茶なのにぜんぜんちがうとほめちぎり、お茶っぱの金には糸目をつけなかったのは、母の眼力で、兄は早くから渋い舌を持ち、鳥海山の大おじさんのように、おいしいお茶をいれられるように仕込まれた。

とおい血のつながりとはいえ、兄も大おじさんのように、反抗期のときでさえ、嫌がらずにお客にお茶をいれていた。

そうやって、お茶は大男におまかせして育ったから、おとなになって、お客にお茶をいれるとなったとき、その味のひどさにしおれた。舌だけは、おごっているから、始末におえず、こんなに違うものかとうなだれた。引け目があるから、ますます腰は引け、自分で煎茶《せんちゃ》を買うことはなくなって、いっこうに上達しない。

いまやおいしい日本茶は、はるかなる郷愁の味となりはて、盆暮れの楽しみとあきらめているのだった。

あるとき、用事があって、仕事先のミルヤマさんのところにでかけた。ミルヤマさんは、気のいいだるまさんのようなひとで、顔を見るなり、お茶でも、といって引っ込んだら、なかなかもどってこない。

しばらくぽつぽつと待っていたが、急に逃げられたのかとうたぐって、おかまいなく、と声をかけてみたのと同時に、ちいさな茶托《ちゃたく》に湯のみをのっけて、しずしずと戻ってきた。

ひと口飲めば、これが、正真正銘大男のお茶で、第三の大男の登場なのだった。

それからというもの、なにかと用事を作ってはミルヤマさんの会社に出向いているが、うまかった、上手だったとほめすぎたのがわざわいして、お福わけはそのときかぎりとなった。

一度きりの味を思いかえすと、記憶の舌は増長独走し、ミルヤマさんのお茶はおいしいんですよ、と吹聴《ふいちょう》したから、お茶くみに忙しくなったかもしれず、申し訳ないといいながら、新茶が届いたら進呈してみようか、と狸《たぬき》のように皮算用する。

お茶の味は、いれるひとの体内時計によって味がきまり、大男の時計のきざみは、きっとお茶っぱの呼吸と相性がいい。そう思うと、無調法ものの時計の進みぐあいは、どうにもせっかちだから、おそろしい。

まえに中国茶に詳しいひととはなしをしていて、ひとごみを歩いていたり、仕事が煮詰まって疲れたときに、一杯のお茶さえあればしのげるのに、と思いつめるといっていた。

欲求のおおもとは、ちいさなお茶壺《ちゃつぼ》のなかにあるのかもしれない。

それにしても、昼休みの交差点で、ワイシャツの袖《そで》をたくし上げ、汗をふきふき過ぎていくおおきな男のひとを見かけると、あのひとはどうだろうか、と振り返ってすがめたりするのは、いけないことだ。

出もどり猫

ビールの飲みすぎで、風邪をひいた。

冷房のきいたビアホールで、ちょっと寒いと思ったのに、勢いづいてもう一杯と欲張った。帰り道には、背筋がこわばって、体の表面は熱いのに、はらわたがひえびえとして動かない。いやな汗が出る。うわばみのように飲んだから、喉《のど》の入り口も、ががさする。

部屋にもどり、しばらく横になっても、ぐったりとして動けない。このまま寝ると、明日はもっと調子が悪くなるからと、粘土のような体をひっぱって、台所に立つ。

小鍋《こなべ》に昆布と梅干としょうがのかけらを放り込み、弱い火にかける。乾布摩擦をして首に手ぬぐいを巻く。そのころには、梅干からいい塩気がでて、夏風邪スープができている。

板の間にへたりこんで、すすっていると、鼻のあたまに汗をかく。そして飲み干すなり布団《ふとん》にもぐって懸命に寝ると、だいぶ風邪気がぬける。

翌朝すこし食欲がでたから、鶏《とり》ぞうすいを作る。なんとなしに買った鶏肉が役に立った。これでもかとねぎとしょうがを放り込んで、汗だくはなだくで食べながら、ふだん食べない鶏のささみを買っておいたのは、具合が悪くなる予兆だったのかと考え、鶏のささみは、チャーも病気のときに食べていた、と鼻をすする。

中学にあがってから、家にはずっと猫がいる。チャーは初代のきじとらのオス猫だった。

春さきに高校生だった兄が、ともだちの家でたくさん生まれちゃったから、とつれてきたとき、鞄《かばん》から這《は》い出た子猫を見て悲鳴をあげたのは、動物ぎらいの母だった。無責任な兄いもうとは、まったく役立たずで、ちいさな生き物をかわいがったりからかったりするだけで、日中は学校に行ってしまう。返してきなさいと口をすっぱくしても、ずるずると先延ばしにするのは、兄の得意とするところだったから、目が開いたばかりの子猫は、そのまま居ついてしまった。びくびくしながらも世話をして、一日じゅういっしょにいた母は、かわいい盛りの子猫の必死さに次第に情が移って、もうひとりこどもを育てるようなものだと、腹をくくってからは、道端の猫にも、にゃーと鳴きまねをする猫おばさんに変貌《へんぼう》した。

チャーは、おっとりした気のいい猫だった。しばらく腹の弱いときがあって、獣医に、鶏のささみをすりつぶしてやりなさい、といわれた。手間がかかるが、ペットフードよりも喜んで食べるから病気になるとささみを食べさせた。

すこしおおきくなると、母が、チャーちゃんごろんとしてごらん、というと、その場にひっくり返って腹を見せる芸を覚えて、家族を沸かせた。

餅《もち》を担《かつ》がされる赤ん坊のように、家族全員が見守るなか、儀式のようにゆっくりと、まじめな顔をしてひっくり返る。起きたそばから、もう一回ごろんだよ、といわれても、いやな顔をしないのが立派だった。

だんだん新しい家に慣れてくると、脱衣かごにタオルを敷いた寝床をきゅうくつがるようになった。あちこちにあお向けにのびたまま寝込んで、ときどき寝言をいう。チャーちゃんは、もう猫じゃないねえ、と母は腹をなでていた。

夏休みになると、家のなかにひとが増えて、チャーは誰にでもなついて、腹のうえで甘えながら昼寝をした。夏なのに背中にあたたかい重みを感じて目をさまし、起き上がっても、子猫はひっくり返されたまんまで、目をさまさずその場にまるくなって眠りつづける。そうしているうちに、起こるべくしてことは起きた。

突然に、背中に痛みが刺さった。寝ぼけながら体を起こすと、黒いけものが唸《うな》り声をあげて飛び去る。

けものは、テーブルの下に隠れると、低く唸り続け、近づくとシャーと鋭い牙《きば》を見せて威嚇《いかく》する。だらりと伸びた後ろ脚を必死でなめる。唸って叫び声をあげている黒いけものは、命の危機に瀕《ひん》して隠された野性を総動員し、全身を総毛だたせた、うちの飼い猫の姿なのだった。

生まれながらの寝相の悪さがわざわいした。背中にぴたりとくっついて寝ていたのに気がつかず、ばたんと寝返りをうったときに尻《しり》の下敷きにした。

一家総出でつかまえて、おおきなタオルにくるむと、そのまま動物病院まで走った。大腿《だいたい》部複雑骨折、全治二カ月の重症で、そのまま入院手術となった。折れたところは金具でつないだという。

翌日、包帯をぐるぐると巻かれ、チャー殿と書かれた診察券をぶらさげ、ぐったりと帰ってくると、いつものおとなしいチャーにもどっているのが哀れだった。ごめんね、と近づいても、うつろな顔で長椅子《いす》にねそべって、毛布にくるまれている。

だらしなく変なところに寝ているからだ、動物は保険がきかないから手術代はべらぼうなんだ、と叱《しか》られ、夏じゅうちいさくなっていた。二学期があんなに待ち遠しい夏休みはなかった。

毎日病院につれていくうちに、包帯がバンソウコウになり、手術のときに剃《そ》られて灰色の地肌の見えていた太ももが、もとのきじとらにもどるようになると、チャーは前のように走ったり飛んだりできるようになったが、座るときだけ、ちょうど体操の休めの姿勢のように右脚を伸ばして座るようになった。罪悪感とは、日々麻痺《まひ》するもので、その姿は、なんとなくあてつけのように見え、そのうち気にもしなくなった。

チャーが家出したのは、それから三年後の夏の終わりだった。

そのころは、古いビルの七階に住んでいた。ビルは白くくすんで、ところどころコンクリートの肌が見え、ひびわれていた。住んでいるひとたちが集まって相談し、壁面の塗装工事をすることになった。ほどなくビルはぐるりと足場がくまれ、作業員が歩き回るようになった。

夕暮れどきに、チャーがいないと気がついた。どこかで眠っていると思ったのに、いない。ベランダのガラス戸が開いている。洗濯を干すたび、換気をするたびに用心していたのに、何度呼んでも出てこない。足場をつたって、ぐるぐると出ていったに違いないということになった。

そうとわかると母はすぐさまはだしになった。よいせとベランダの柵《さく》を乗り越え、足場に飛びうつり、すたすたと歩いていく。脚のすくむような高さから、ぐるぐると螺旋《らせん》しながら一軒一軒のベランダをのぞく。……山の村育ちだから、高いところは怖くなかったけど、きゅうに窓辺にはだしのおばさんがいたから、なかのひとたちがびっくりしてた。

一階まで降りてくると、けろりとしていった。

母は無事に下まで降りたが、チャーは見つからない。

気のちいさい猫だから、きっと遠くにはいけないと、父は帰宅すると毎晩懐中電灯を持って、近くの公園やとなりの社宅の軒下を照らした。兄はポスターを作ってあちこちに貼《は》った。日を追うごとに嘆いたのは、命がけで足場を歩いた母で、テレビに似てもいない猫が出るたびに、号泣するので困った。

その後足場も取り払われ、チャーが自力で戻ってくる手立ても消えてしまい、秋風も冷たくなった。もう死んでしまっただろうか、公園に探しに行くのも打ち切りだろうかと思いながらも、あきらめきれずにいる日が続いた。

星の冴《さ》えた晩だった。一階のごみ置き場に、母とおりていったら、バケツのならぶ奥でガサガサと生き物の気配がする。とっさにチャーちゃんなの、と声をかけると、ニャーと猫が鳴く。

母はすぐさま、タオルとかご、と命じ、またしても一家総出で捕獲作業となった。入り口は、グリコのプリッツを持った父がふさぎ、がさがさと箱をふって、チャーならば、これで出てくるぞ、と興奮する。グリコのプリッツはチャーの大好物で、箱をあける音だけで、飛んでくる。そして、まさしく音につられるように、きじとらの、やせぎすの野良《のら》猫が姿をあらわすと、それとタオルを広げてつかまえて連れ戻されたのだった。

まっすぐ風呂場《ふろば》につれていかれ、体じゅう泡だらけにされた。鳴き喚《わめ》くのを押さえつけて、ばか。瘦《や》せて、背骨がごとごとになってるじゃないの。母も泡だらけで、わんわん泣いた。

そうやって、チャーはふたたび家猫に戻った。きっと昼はこわくて動けずに、夜はごみをあさっていた。

その後、安心したせいか、チャーはでぶりと太った。東京暮らしから足を洗う両親といっしょに東北の町に移って、地面を踏んでのびのび暮らした。ときおり、おおきな腹の虫を吐き出して家族をびっくりさせるくらいで、大病もしなかった。

十三歳で、彼岸に行くまでの数日のことは、いまだ思い出すたび泣けるので、いわない。

チャーは、松林のなかの霊園で火葬された。骨が出てきたとき、一緒に金具がころんと出てきたと、連れて行った父から聞いた。

やっぱりあれはチャーだった、出もどって、のうのうとしているのを見て、おなじ猫なのだろうかとうたぐっていた、といったら、チャーはいつだって、家出のあとだって、おまえのまえでうらめしそうに脚をのばしていたじゃないか、と兄がいう。

ほんとうに、都合の悪いものは見えないものだと知る。

食べ歩き春秋

暑がりの汗かきなのに冷房が苦手で、電車に乗ってしばらくすると、膝《ひざ》の古傷あたりが重くなる。

昼食をすませたあとの散歩も、夏場はすぐに汗だくになるが、歩いたあとは、痛みも消えて、軽くなる。雨が降ってもとぼとぼと本ややスーパーまで歩き、ビニールの傘ごしに空を見あげ、町の緑といっしょに洗われる。

きのうの夕立を耐えたのに、今日も小雨が続き、今年の芙蓉《ふよう》は雨中の満開となった。それでも、ゆっくりと揺らぐ白いおおきな花は、催眠術の振り子のようにとろりと眠気を誘っている。

梅雨があけて高くなった空が、さっぱりと晴れた日は、腹ごなしの散歩だというのに、つい寄り道寄り食いをして、ソフトクリームを片手に並木道を歩けば、蟬《せみ》の声に包まれる。

食べながら歩くから、しぜん歩みはゆるくなり、並木といっても、蟬の音量は、一本ずつずいぶんちがうものだと感心し、ぼんやりと蚊に刺されている。

こどものころは、ソフトクリームを食べるのが下手で、ひとくちめに落としてしまったり、服にべったりつけて叱《しか》られたり、ろくなことはなかった。

ようやく器用に平らげられるようになったのだから存分に楽しむ。ちかごろはコンビニエンスストアやハンバーガー店に、ソフトクリームがあるというのに、昼ひなか食べているひとはなかなか見かけない。みんなどこで食べているのだろう。

休日の歩行者天国で、親子連れが食べているのを見かけると、たいていお父さんがとちゅうでこどものソフトクリームを奪ってうれしそうにしている。

終電ちかくに、背広を肩にかついで、駅のホームでソフトクリームを食べていた赤い顔をした一団もいた。

こどもと一緒だから、酔っているから。おとながソフトクリームを食べるのは、ちょっと言いわけがほしいのかもしれない。ただ太陽がまぶしかったから、というわけにはいかぬものかもしれない。

本やのうら手のパンやでは、十時半にライ麦パンが焼きあがる。春さきにパン焼時刻表が貼《は》り出されてから、しばらくのあいだ通いつめ、帯枕《おびまくら》ほどのパンをかかえて花見を楽しんだ。焼きたてのパンをかかえて、そのまま家まで我慢することができない。店を出るなり袋から引っ張り出して、ちぎりながら歩く。だんだんとあら熱がとれてきて、皮がはぜる音がして、なかはまだあたたかくやわらかい。粉のこうばしさが花冷えの日にはうれしかった。

パンをつまみにあちこち歩いて、すっかり平らげるころには公園につき、鳩《はと》に袋のなかのパンくずをやってコーヒー店に入るコースをつくり、日々繰り返した。

秋の夕暮れには、コロッケがあった。

正方形の二辺をとじた紙袋に、おばさんがコロッケをはさんで、ソースをたらしてくれる。

肉やの店さきは、スポーツ少年の溜《た》まり場で、店の前に大荷物を投げ散らかし、むらがっている。食べ盛りだから、コロッケより、から揚げやもも焼のほうが人気がある。仲間にまざって、コロッケを持つと、ちかくの神社まで歩く。

黄金色のいちょうをながめて、さくさくとソース味の小判にかじりつくが、金運のほうは相変わらずさっぱりで、どこからか、たき火のひなびたにおいがするのだった。

耳がひりつくような冬の宵には、町はずれのスクランブル交差点や、踏切のよこの、ちいさめのコンビニエンスストアに吸いこまれる。

赤ちょうちんの、すりよるような優しさをすこし重たく感じるときには、蛍光灯の箱のなかにはいって、中華まんじゅうを買って、また歩く。

入れ違いに出て行ったおばあさんが、肉まんをほおばりながら踏切を渡っていった。まんじゅうの湯気も、おばあさんのあとをついて、渡っていった。

踏切が閉まらぬうちにと、急いで買ったのに、やっぱり足止めをくらい、まんじゅうの袋で胸もとを暖めながら、空を見あげると、白く細い冬の月に湯気が旅立った。

そんなふうに一年じゅう、うわの空でよそ見して、口を動かしては歩いている。どちらもおろそかになった、ピンボケの頭で町を見る。

ひと目を気にしないから、知りあいに会っても焼きたてのせんべいをかじっていて、たしなめられたこともある。お恥ずかしいといったそばから、からだ半分はたこ焼きやのソースのにおいに傾いている。

あさましい散歩も、旅の列車にのるとすぐさま弁当包みをひらくひとには、わかってもらえるかもしれない。

夏のあき缶

　あんのじょう、夏休みが終わったら暑くなった。熱帯夜に戻って、眠りが浅いから、日中からだが重くなる。湿った部屋で薬品づけの標本のようにゆらゆらしていると、なまけぐせに拍車がかかる。なまけていると、油断をして、生来のわがままが出るからよくない。口がすべって、いわなくていいことをいったり、けんかごしになったりする。なるべくひとに会わぬようにと気をつけるのに、そういうときにかぎって暑気払いの楽しい誘いが続いてしまうのだった。

　誘惑に負けて出かけて行って、翌朝後悔するのに、夕方になると、またいそいそと出かけたくなる。なまけ暮らしの輪のなかで、くるくるまわっているうちに、季節は動く。

お盆には、飛行機に乗っていなかに帰った。

モノレールに乗って羽田空港に行くと、いつも未来都市にいる気分になるが、旅するひとたちのやっていることは、大むかしとかわらないから、みやげ売り場の混雑も、なつかしい興奮のひとつになる。

ざわざわとひとが行きかう。すでにおおきな荷物をひっぱっているのに、さらに買い物をして紙袋が増える。

荷物のようにぶらさげられている赤ちゃんが泣くと、持っている若いお父さんは、はやくもうんざりした顔をした。お母さんは、涼しい顔で、おっとりと買い物を続けている。

これから、まだまだこの子は泣くだろうな、飛行機に乗るとき、飛ぶとき、降りるとき、おじいさんやおばあさんに抱っこされたり、まっ暗な田舎の夜に、休みのあいだじゅう泣くだろうなと、先々を心配した。

親戚《しんせき》に渡すあられの箱に、のし紙をつけてもらっていると、若い女のひとが、おおきな袋をガラスケースのうえにのせ、このままでいいです、という。

おおきな袋は、お徳用のわれせんだった。

ふぞろいなだけで、品質にかわりはございません。何種類ものわれたせんべいがはいっている。

店のひとがのし紙に気をとられているから、すこしいら立って、ちょうど置きます、とお金を置いて、その場で袋をあけた。

女のひとの足もとには、おかあさんのバッグを必死につかんでいるちいさな男の子がいる。せんべいをふたかけ男の子にもたせ、大袋をリュックにしまって、親子は搭乗口へ駆けていく。

久しぶりにみる、われせんだった。

さっきの男の子ぐらいのころ、おつかいができるようになって、われせんを買いに行ったのだった。

毎日遊ぶ公園の先に、せんべいの会社があって、製造・卸のほかに販売もしていて、店さきのワゴンには、われせんの袋がつまれていた。

家族そろってせんべいが好きで、おおきな空き缶にわれたせんべいをざらっとあけ、それぞれが、かじっていた。しょうゆ、のり、ごま、豆おかきのなかに、ときどきざらめやさとうがかけてあるのがまじっている。

甘いせんべいがきらいな母は、なるべく甘いのがないのを、よく見てね、と小銭を持たせるときにかならずいった。それでも、こどもは甘いのが食べたいから、巧妙にちょろっと甘いのが入っているのを選んだ。そののち別の町に越し、さとうがけせんべいは敬遠するようになっても、スーパーマーケットで見つけたから、われせんは健在だった。

はたちになったとき、父は田舎に帰ると宣言し、転勤願はあっさり受理され、両親はふたりが育った町に帰った。

家族がすくなくなったから、せんべいの消費量もぐんと落ち、買い置きにわれせんを買わずとも、間に合うようになった。われせんが入っていた缶は、すこしちいさな新しい缶にかわって、一枚ずつ袋に入った、ちゃんとしたせんべいや、八十五歳のうちのおばあさんでもつまめるような、うすくてちいさなあられが入っている。

両親と離れて暮らすようになって、しばらくして、学校の屋上で昼寝をしていたら、そういえば、家族そろって暮らすことはもうないのだと急に気がついて、泣けてしかたのなかったことなどを、つらつらと思い出し、だだちゃ豆でビールを飲んでばかりいるうちに、夏休みはあっさり終わってしまった。

寒くて海にも入れず、夏風邪でやたらと鼻水が出て、せんべいの缶をのぞいてしんみりしたりして、しょぼい休みだったと思いながら、東京に帰ってきたら、部屋のドアに紙袋がぶらさがっている。

おむかいさんの帰省みやげは、上等な新潟の柿の種だった。ふくろにたっぷり入っている。

しけない薬がいれたままの空き缶にあけて、戸棚にいれるとき、さらさらとお米のような景気のいい音がした。

川風の町で

ひさしぶりに寄った店の、ひとけがまばらになったとき、長く仕事していると、こういうことがときどきあるんですねえ、とあるじが声をかけてくる。……魚なんかおろしながら、ああ、あのお客さんどうしてるかなって、ぼんやり思ってる。そうすると、ちょうどそのお客さんが、がらって入ってくるんですねえ。店に入ったときに、笑った目がまんまるだった。酔っ払いは店を思い出すことはあっても、思い出されているなんてつゆほども思わないから、照れくさくて杯が早くなる。客思いの店は、寒いときほど混んでいる。

いちばん好きなのは、熱燗《あつかん》、といっただけでてくる熱燗。あの方は、どうされてますか、といっしょに通ったひとたちの近況をきかれながら飲んだ。結婚して、よその町でお父さんお母さんになったひと、仕事で町をはなれたひと、気まずい思いで会わなくなったひと。みな便りのないのは元気の便りと、そのまま遠のいている。

ひとづきあいは、波のようだが、浜でぼんやりしているのは変わらないから、いずれまた近しくなるときもある。客商売は、波打ちぎわにずっと立っているような心持ちなのかもしれない。

こまかい秋雨のなかに、煙のにおいがまざる夕方に、思い出すひとがいる。そのひとが旅にでて、もう十年ちかく会わない。

夕方、きゅうに電話がかかってきたのだった。東京に来ている、今日しかあいてないという。となり町のともだちのところに泊まっていたから、思い出してくれた。それで、駅で会う約束をしたのだった。

共通のともだちがいて、親しくなった。

キャンプやスキーが好きで、いつも日焼けをしていた。絵の学校に通っていて、きれいな淡い色の絵を見たことがある。学校を卒業して、共通のともだちとは遠のいても、ときおり、きゅうに電話をかけてくれた。旅が多く、そのたび変わる住所を聞いておくのに、手紙はいつも戻ってきた。何年かに一度会って、旅で見たこと、会ったひとのこと、ゆっくりした声をきく。共通の話題もすくなく、にぎやかに笑うわけでもないが、気詰まりなくはなしができる。うまがあう。

駅まで行く道には、終わりかけの金木犀《きんもくせい》が残っていた。駅で、といったから改札口をにらんでいたら、ずいぶん遅れて、ごめんね、と息をきらせて自転車で突っ込んできた。

電車で七分のところを、頑丈そうなともだちの自転車に乗ってきた。水いろのふかふかした上着を着ていた。そのころフリースの服は、ほんとうにそれが必要なところに出かけていくひとたちだけが着ていた。

川原へ行こうかと歩き出したら、薄着だけど平気、とたずねて、そうだおみやげだ、と上着のポケットから洋酒のミニボトルをつぎつぎに出してみせる。

なにがいいのかわからなくて、デザインで選んだの、といい、このひとはお酒をのまないのだったと思い出す。ジンとバーボンのほかは、お菓子作りに使うような、甘いリキュールだった。それをおなかにつめこんで、自転車に乗って来てくれた。

街灯が目立ち始めた川原で水道を見つけると、ナップザックから、ちいさなコンロとポットを出して、コーヒー飲もうと湯を沸かす。

香りが漂うと、カップをならべて、なみなみと注ぐ。すこし粉っぽい、さらりとした味だった。寒いからもらったお酒入れるね、とバーボンを入れて飲むと、胃のうえがきゅうにあつい。

アメリカに行く、という。アメリカの岩に登ってみたい、ずっと練習をしていた。恋人としばらく日本を旅して、それからひとりで出かけるという。

長旅だね、荷物がたいへんだね、というと、ＣＤが二枚とウォークマン、黒いジーンズが一本。ほんとうに必要なものはそれだけだから、とまじめな顔をした。ひとりだけの決めごとをさびしいと思って、今したいことにまっすぐむかうひとだからと、いわずにいた。

川風にどこかの夕飯のにおいがのってくるまで、髪がのびた、とか、こないだ木村拓哉に似てるっていわれて悲しかったとか、ぽつぽつ話した。

橋のうえで別れるときに、実家の富山のはなしを聞いた。八尾《やつお》の風の盆のはなしを熱心にした。ともだちの家が造り酒屋をしていて、お酒はだめなんだけど、あそこのだけおいしいって思うのといった。

自転車のうしろ姿に気をつけてねと手を振ると、西部劇のおしまいのように取り残された。

それから二、三度手紙を書いたが、やっぱり戻って来た。引越したことも伝えられずにいる。アメリカの岩は、おおきくてたくさんあるだろうから、まだ飽きずによじ登っているのかもしれない。

冬がはじまるまえ、勇敢な彼女のことをふいに思い出した日は、またきゅうに電話がかかってくるかもしれず、鈍感な虫の知らせに期待して、まっすぐ帰ることにしている。

ドリーム・キャッチャー

　ほうぼうからさつま芋をもらって、毎日食べている。ごはんや汁の実にしたり、塩とレモンのきれはしと蒸煮している。

　芋はなんでも好きで、こどものころは、ふかし芋を握って公園に走った。ブランコをこぎながら食べれば、しばらくしゃっくりが止まらない。いまも、おやつは芋とせんべいなら、毎日でもいい。うれしい到来ものだった。

　ともだちが泊まりがけで遊びにきたときも、シオイモレモンを出した。クローブや粒こしょうもいっしょに蒸して、冷たくすると肴《さかな》になる。

　芋をつまんでちびちびと飲んだ翌朝、ともだちは、なんかおもしろい夢見た、と教えてくれる。

……この部屋の窓のむこうがね、海なの。それで、わあいいなあと思ったら、部屋じたいもゆらゆらしてる。部屋がまるごと海に浮いててさ、びっくりした。それでごはん食べるんだ。チーちゃんもきてた。チーちゃんが、息ぜいぜいで、どうしたのってきいたら、だって歩いてきたんだもんっていうの。えー海なのに、っていったら目がさめた。

まえの晩、ふたりで鍋《なべ》をつつきながら、チーちゃんも来られればよかった、と話した。年末仕事が大変で来られなかった。それが頭に残っていた。夢のなかでも面倒見がいいし、ごはんを食べているんだなあと聞いていた。

家が海に浮いていたらいいね、トーベ・ヤンソンみたいに自給自足の孤島暮らしだね、とはなしは続いた。

ずいぶんまえに、伊丹十三《いたみじゅうぞう》さんがお風呂《ふろ》に入っているコマーシャルの、茶の間のとなりがすぐ風呂でうらやましかったといったら、いまはそういう温泉宿があるのだと教わる。夢のなかの奇想天外は、長生きすればどんどん現実になる。パンをかじりながらそうはなした。

夢のはなしをするのが好きだったのに、ちかごろはだれかがいい出すのを待っている。夢のはなしは、政治のはなしのように、ひとを退屈させるから、話題に出さぬものだと忠告してくれるひとがいた。それで、社会人らしいところではにこにことうわの空でいる。ほんとうは、そういうところで立派な顔をしているひとにほど、昨夜の夢は、と聞いてみたい。

母からは、熱のあるときの夢のはなしを聞いた。

病気がちで高い熱に慣れていたので、学校を休んで真っ赤な顔をしていても元気でふとんにじっとしていないから、母は寝床に引っぱって行っては添い寝しながらはなした。

母はこどものころから丈夫なたちで、めったに熱を出さないのに、寝込むとかならずおなじ夢を見るのだった。

自分のからだのなかを歩いてまわる夢で、心臓やはらわたが赤々と動いているのを見回りする。そういうのを何度も見て、熱が出るとまた見るかなーと思って寝てたよ、だから病気のときは寝てるのがおもしろいのよ、といった。

親子だから、脳みその構造が似ているのか、すこしおおきくなって、おなじ夢をくりかえして見た。はらわたの夢ではなかった。

学校がすんで公園に走っていると、ふかみどりいろの悪者軍団が飛び出してきて、こどもたちはくものこ散らしで逃げ出す。一生懸命に走って、怪物から逃げて、植え込みに飛び込んで隠れると、おやつの缶が置いてある。ふたを開けると、湯気立つ焼き芋が入っていて、ああ助かったとかじる夢だった。

そのころ好きだったものが全部入っている。公園と、ヒーロー番組と、かけっこ。ちゃんとおやつの芋も出てくる。

なんども見ると、走りながら逃げられるとわかってくる。ここに飛び込むとおやつがある、とわかって走るからおもしろかった。

ひとの夢に出かけていったこともある。

しばらくぶりに飲みともだちとあったとき、このあいだいっしょに寝てる夢を見たぞ、といわれてあわてた。

……いっしょにふとんに入ってると、いろんなひとが来るんだよ。飲み会とか麻雀《マージャン》してる。アオキさんもいた。それをふたりでふとんに入って見物してるんだ。

ふたりともあたりまえみたいにしてたから、目がさめておどろいた。マリッジ・ブルーなのかな、と一瞬思ったけど、やっぱりちがうから、会ったらはなそうと思ってたんだ。なんか変に思われると困るし。なんかさっぱりした。

そういって、さっぱりすると、そのひとはすぐに結婚してさっさとお父さんになったのだった。

とおくに住むともだちから、はやばや届いたクリスマスプレゼントは、ドリーム・キャッチャーだった。

ネイティブ・アメリカンのお手製で、つるを編んだリースのなかに蜘蛛《くも》の巣のように糸を張って、透明な水晶と、オレンジいろの鳥の羽がついている。いい夢をつかまえるおまじないだという。寝床にぶら下げると、夢をはっきり思い出すようになったから、効きめがあるかもしれない。

風邪で、後ろ髪ひかれながら宴会を早引けした晩は、店さきまで見送りに出てくれたミルヤマさんとコヤマさんと、三人で飲んでいる夢を見た。暮れは寝ていても忘年会続きなのだった。

頭のすみずみまで、飲み食い欲がしみわたったと観念しながら、分析よりも野放しにして笑っているうちに、あたらしい年の夢がやってくる。

2

東京てんてん

いなこちゃんといっしょ　その1

一年前のいまごろ、いなこちゃんと荒川遊園にでかけた。太陽はずいぶん遠くなったが、あたたかな休みの日だった。

いなこちゃんは、ともだちのこどもで、二歳になったばかりだった。ほんとうは、ひなこという名前なのに、ひ、といえなくて、いなこになってしまう。

住んでいる町からは、電車を乗りついで行く。ふだんは電柱からつぎの電柱まで歩くのに、つかれた、としゃがんでしまうことがあるのに、このときはしっかり歩いた。電車のなかでもおとなしく立っていたが、おばあさんに、かわいいね、どこ行くのときかれたときだけ、体をくねくねさせて、アラカワユーエン、といった。

駅から歩きはじめると、お菓子や、おもちゃや、公園がある。道には動物の絵がついている。いなこちゃんは、すこし歩いては、さる、といったり、お母さんに甘栗《あまぐり》を買ってもらったり、小石をつまんだりした。おとなのほうも、このお菓子なつかしい、とはしゃいだ。そうやって、ゆっくり遊園地まで行くのがたのしかった。

ところが、遊園地の入り口についたとたん、いなこちゃんは、うわああとおおきな声をあげて駆け出した。にぎやかな音楽や笑い声がいっぺんにしたから、うれしくて駆け出さずにはいられない、というふうに。

駆け出したと思ったら、きゅうにしゃがみこんで、水路の鯉《こい》を見ている。観覧車やのりものは、おおきすぎていなこちゃんの視界には入らないようだった。

二歳のこどもは、ほとんどののりものに乗れない。がっかりしたのはおとなばかりで、いなこちゃんは、すべり台や砂場、ちいさな動物園で機嫌よく遊んだ。

休みの日の遊園地は、お父さんと来ているこどもが多かった。お母さんは家でゆっくりしているのだろうか。

ベンチでお父さんと男の子がむずかしい顔をしている。

……お父さんといっしょだと、一回しか乗れないよ。ひとりでいろいろ乗れたほうがいいだろう。

のりものはチケット制で、おとなはチケットがたくさんいる。男の子はお父さんとも乗りたいし、ほかののりものにも乗ってみたいから困っている。親子でおなじ顔をして、おなじことで困っている。

いなこちゃんを抱っこして、観覧車に乗った。ゆっくりとのぼっていくと、思ったよりずっととおくの景色が見えた。富士山も見えた。

はるばるとした空中で、おとなは帰りにもんじゃを食べようと相談し、いなこちゃんは、同じ高さで飛んでいく鳩《はと》を指さした。

駒場のいちょう

寒さしのぎに押し入れをかたづけていたら、こうばしいきいろの毛糸があった。くるくると巻いて毛糸玉をつくりながら、駒場のいちょうのことを思い出す。

調べたいことがあると、駒場公園のなかにある日本近代文学館に出かけていく。文学研究のための閲覧室があって、熱心な利用者が多い。集中した空気に緊張しながら、あれこれと調べる。

蔵書は閉架式で、閲覧室には本の題名と書いたひとの名前が五十音順のカードになって整理されている。利用するひとは、カードを手がかりに読みたい本をさがして、係のひとに書庫から出してもらうしくみになっている。

公園のなかにあるから、閲覧室には、木漏れ陽がはいってくる。小鳥の声やはばたきも聞こえる。広い公園の木々の手入れをする、はさみの音がすがすがしく響くときもある。

季節によると、しんとした室内に花の香がこぼれてくる。これからは、梅だろうか。高い天井の窓は、空からまっすぐに光が届く。読みものにくたびれると、伸びをして、しぜんに窓を見あげて光に接している。

公園の四季を楽しむことも、使うひとがのびのびと読み書きできることも、じゅうぶんに考えて設計されていることがうれしい。

仕事をためこむ性分で、一度に大量の本のコピーをお願いして、文学館の方にご迷惑をかけることがある。

お手数をかけて申し訳ないと思いながら、コピーができる小一時間ほどのあいだ、外にだしてもらって散歩をするのを楽しみにしている。

古美術店やギャラリーをのぞく。古書店まで足をのばす。ちいさなハンバーガー店でおいしいスープを飲む。粋《いき》なはっぴ姿のおじいさんの、松の剪定《せんてい》を見学する。ぽつんぽつんといい店がある。お屋敷が多いから、道を歩いていても公園のように緑のにおいがする。

雨の日は、日本民藝館《みんげいかん》に行く。二階のベンチでおおきな甕《かめ》が、がらんごろんと並んで雨にうたれているのを、ぼんやり見る。

そうして頭がからっぽになって、閲覧室にもどると、きちんとコピーができあがっている。

駒場のいちょうは、近代文学館のそばにある。すっきりとのびた大木で、枝はしずくのかたちに張っている。きいろく色づくと、炎のようにも見える。

葉が落ち、太い幹のまわりに降り積もると、おおきな黄金の円が静かに描かれる。十年も通っているのに、そのことに気づいたのは昨年の秋のことだった。

東京の木や草花は、突然に息をのむような姿をあらわすときがある。

チャチャ姐《ねえ》さんの引越し

明神下でいちばんの器量よしは、左々舎《ささや》の猫のチャチャ姐さん。

男坂の急な階段を下れば、昔ながらの神田の風がぬけていく。チャチャ姐さんが縦横無尽に駆けめぐれば、大胆な三毛もようがいきいきうねる。年を重ねてからだが軽くなり、ますます塩からい色気が出てきた。きっとまえの世は明神下で評判の、仇《あだ》なお師匠さんだった。

左々舎の味は江戸っ子好み、冬は看板のふぐをめがけて粋《いき》なお客が通いつめる。忘れたころに顔を出すちいさな財布の客にもわけへだてなく接してくれるのがうれしくて、うまいものとなればまっさきに行きたくなる。

これからは鯛《たい》、それから鰹《かつお》、あるじの落合さんの目と庖丁《ほうちょう》に選ばれた味によろこび、お祭りにむけて華やいでくる神田の町の気配に漂う。夏の鱧《はも》づくしも待ち遠しい。

料理と町の息づかいがぴたりと合っているのは、落合さんが、神田明神下で商いをすることをとても大事にしているからで、いい気分になった帰り道には、明神さまにお礼をいわずにはいられない。

昨年、左々舎はふぐに間に合うように店を移して、一歩明神さまに近くなった。ところが小路ひと筋の引越しが、チャチャ姐さんには一大事なのだった。

慣れ親しんだ店の指定席が変わった。男坂からまっすぐ走ったらあった家が、ほんのちょっと曲がって帰ることになった。なによりこの前まで別のひとの家だと思っていたところが自分の寝床になったことがわからない。

落合さんは、夜更《よふ》けにチャチャをみたよと、常連のお客にたびたびいわれた。寒い晩に、ぽつんと暗い前の店をながめていたよといわれた。新しい家になじめずにあたりをうろうろしていた。猫は家になつくという。招き猫が落ちつかないと、客も心細くなる。

そんなことを聞いてからしばらくして、出かけてみた。新しい店は、広くなりますます の繁盛《はんじよう》ぶりで、落合さんは大忙しで腕をふるう。新しくなっても、左々舎のたっぷりした味と風情《ふぜい》はかわらない。

新装開店の大賑《にぎ》わいもひといきついて、チャチャ姐さんは、すっかり店になじんでいた。新しい毛布のうえでのうのうと眠っていたが、眼を覚ませば、もう何年もやっていますという調子で、するりと店を抜け出して、夕闇《ゆうやみ》の広がり始めた坂道に消えていく。

動く浮世絵のようなうしろ姿をほれぼれと見送り、またうれしくなって酔っぱらった。

水元の朝

しばらく水元公園のちかくに住んでいた。

桜や菖蒲《しょうぶ》の名所で知られるけれど、夏の蓮池《はすいけ》もすばらしく、早起きをして見に行った。目覚めたばかりの白い花を見ると、暑さをわすれ、空気がひといろ澄んでやわらかく揺らぐ。

朝の公園は、にぎやかだ。

汗だくで走っているひと、昨日の晩から寝ているひと、釣りをするひと、アイシテルー、とカラオケで熱唱するグループ。

緑のなかで、見知らぬひとと、おはようございますとすれ違うのがうれしい。水場には、いろんな犬があつまっている。

あるとき、枝豆の束をぶらさげたおじさんに会った。枝豆は、根にほっこりと土がついていて、あおあおとしたにおいがする。さっきまで畑にあった息づかいがある。もの欲しげに見ていたら、正門のさきに農家があって、わけてくれるよと教えてくれた。水元公園は広いから、正門のさきまで行くのはまれで、近くの畑のことはちっとも知らなかった。

早起きはほんとうに得をする、と急ぎ足になった。正門を過ぎてしばらく、公園のまわりにぐるりと茂る桜青葉のむこうに、畑があった。ビニールハウスのまえで、おじいさんが野菜を並べて、ラジオを聴きながら一服していた。

それまで手ぶらで歩いていたのに、翌朝からは買い物かごをぶらさげて散歩するようになった。枝豆のほかにも、トマト、きゅうり、なす、白うり、小松菜。水元の野菜はとりどりだった。自家製梅干や花束もあった。

畑のオクラは、きれいな花が咲いた。天に向かって牙《きば》をむくように実をつけることを、はじめて知った。

おばさんたちがひとつひとつきれいに束ねた小松菜は、冷蔵庫にいれてもしおれずに、ぴんと丈夫にしていた。

とれたての枝豆は、甘みと香ばしさにやみつきになった。夏のあいだじゅう、夕暮れになると、水元の枝豆でビールと思いつめて家路を急いだ。

緑のなかを歩いて野菜を買って帰り、一日が始まる。のんきでほがらかな朝だった。

公園を歩くときは、むかしの道の一角が気に入っていた。

奥まったところにむかしながらの草っぱらが残されている。湿地にいちめんの葦《あし》がのび、風にざわざわと揺れる。

あいだをぬける細い道は、靴のあたりがやさしく、ひと足ごとに土ぼこりが舞った。さきにある、バードサンクチュアリから白鷺《しらさぎ》がきて、葦原にひそりと舞いおりた。

水元の風景は、記憶のなかでますますあざやかになる。

たとえば、時代小説を読んでいて、ふと気づくと、頭のなかで主人公の浪人が水元の葦原で決闘している。そんなふうに、ひょいと思い出すところである。

MOTアニュアル

花より団子がもっぱらで、出かけるとなれば、用事よりもあとでなにを食べるかばかり思案するのに、美術館に行くときだけは、オムライスと決めている。

江東区にある東京都現代美術館の、MOTアニュアル（年に一度、の意）という企画展を、毎年楽しみにしている。

毎回ひとつのテーマを通して、現代美術のいまの空気や視線がわかる。今回は、「days おだやかな日々」として、日常生活や旅から題材を得た作品が並んだ。

ひろびろとした展示室で、静かな思索からうまれた大作と向き合い、新しい表現方法や活躍中の作家と出会う。

高木正勝さんの「sorina street」は、旅先でアコーディオン弾きのちいさな女の子と出会い、仲良くなるまでの映像だった。

黙々と演奏していた女の子にだんだん笑顔がこぼれてくると、色あざやかで楽しいアニメーションが、つぎつぎと飛び出す。短い映像のなかから、みずみずしい喜びが伝わってきた。

美術館で驚いたり喜んだりした帰りは、気分が波立ち忙しい。楽しかったのに、心細いような不思議な心持ちになる。そういうとき、こどものころから好物の、オムライスが恋しくなる。凝ったソースより、真っ赤なケチャップがたっぷりかかっているほうが、断然安心する。

最先端の美術館を出ると、すぐとなりに、商店街や植木鉢の並ぶ路地のにぎわいがある。新しき芸術をたずね、古きよき川風の町を知る。

質実剛健な洋食やが多く、今日はどこにしようかと歩くのもぜいたくで、展覧会の充実と洋食やの伝統が両立している町は、とてもすくない。

自転車に乗った女の子の一団が、ちかくの木場公園へ競走していく。高木さんの映像を見たあとだから、東京の女の子も笑っているなあ、とうれしくなった。

大通りの交差点には、同潤会清砂通アパートメントがあり、洋食やの窓ごしに眺めるのが好きだったが、すでに再開発工事の柵《さく》のなかで、雀《すずめ》だけがしきりと行き来していた。懐《ふところ》深い町はまた新しい風を抱え、オムライスの景色もかわっていく。

おおきなオムライスが、銀色の皿のうえで、ほやほやと湯気をたてている。黄色い軍艦のようなきっちりとしたかたちを見る。さじを入れ破ると、あざやかなケチャップ色があらわれる。これもまた日常が生んだ作品と大口をあける。

アキバ植物園

こっとう市で、電灯を買った。

かさは乳白色のうすいガラスで、ふちのところが波うっている。部品はとりかえれば大丈夫、アキバにあると聞いて、その足で探しに行った。

ずらり並んだ電気店は、それぞれにぎやかに大売出しを呼びかける。大通りは歩行者天国で家族連れが繰り出し、お父さんはおおきな段ボールを、男の子はソフトクリームを持って満足げに歩いている。

電球のつけかえぐらいの腕前だから、目指す部品がどこにあるのかわからない。大型総合店のあいだにある専門店を一軒ずつのぞきこむ。

色あざやかなコードの店、換気扇だけ、圧力計だけの店、電熱器専門店。スイッチの店。ネオンの店は白昼もこうこうと輝いている。

天井じゅう、壁じゅう、電灯がぶらさがっている店に入ると、おじさんがふたり、おにいさんがひとり、忙しそうにしている。

古い電灯を見せると、これはまだ使えるよ、とかさとコードをつなぐちいさな輪の部品を取り出し、それで天井はどうなってんの、と聞く。天井のコンセントのかたちで、つなげるコードがちがうという。頭をかかえ首をひねってみても、どんなかたちか思い出せない。

それで次の日、電灯と天井のコンセントの絵を持って出なおした。

きのうと違うおじさんが、これとこれは買ったんだね、コードはこれだね、と選んでくれる。店の奥から、あとはくっつけるだけにしてやってよ、ときのうのおじさんの声がする。こちらの腕は、もうお見通しなのだった。

すっかりおまかせして、店のなかを見ていると、こどものころ学校や病院で見たような、ガラスやほうろうのかさがいまもあって、さすが専門店だとうれしくなった。すずらんの花のようなガラスの電灯もある。おじさんは、こういうのも、天井の金具でつかないのがあるからね、と先回りして心配してくれた。

部品をふたつ見つけただけで、自分で作ったような気になるのだから、ラジオを作ったり、コンピューターをいじったりするひとは、アキバ通いをやめられない。

高架下に密集する細かな部品の店に集まるひとたちは、きっと森を散策するように、草花や昆虫を見るように、真空管やねじの色かたちに魅せられている。夕涼みの風が抜けるころ、万世橋からネオンの山脈をながめ、これぞお江戸とほれぼれする。この町にしかないものを探しに、大勢のひとが集まってくる。都の華やぎは、電気のコードで、秋葉原につながっている。橋からのぞいたお濠《ほり》から、鯉《こい》がぽかりと顔を出す。

モトキの親分賛江

モトキ親分からお呼びがかかれば、なにをおいても飛んでいく。親分ひきいる流星競馬団は、挨拶《あいさつ》そぞろに電車に乗りこみ、暮れゆく勝島の空をめざす。新入社員のころ、仕事の鬼と呼ばれるモトキ親分に、競馬のイロハを教わった。予想記事の数字や丸や三角に、目を白黒させながら、ようやくひとりで馬券が買えるようになり、競馬団の末席に入れてもらった。

たまには早めに集まって、ビールでも飲んでゆっくりやろうといっていたのに、立会川についたとたん、競馬新聞のスタンドに駆け寄る。商店街もさっさと通過し、ここがボラがいた川ですね、とはなしかけてもだれも返事しない。みんな頭はもう競馬場へ出かけてしまった。

ようやく親分が足をとめて居酒やに入ると、おおきなテレビは競馬中継で、はやる心をかきたてる。おかみさんに、縁起のいいものくださいというと、焼イカね、あたりめ、っていうでしょう。顔をきゅっとさせた。それから、きょうのマトバはなんだかあぶなっかしいのよと、息子のように騎手の心配をする。店のまえには自転車があって、ここぞ、という馬券を買いに、ひと走りできるようになっている。

がんばってね。おかみさんの声援を受けて、競馬場に向かうと、夕焼けのおさまったうすむらさきの空を、飛行機が低く飛んでいく。このさき最終レースまで、流星競馬団は、新聞にこまかくしるしをつけ、馬券売場に駆け込んでは一喜一憂する勝負の世界に没頭する。

親分直伝の勝利の法則を守っているのに、予想はきわどくあたらない。三レースはずしたところで、頭を冷やしてきます、と散歩にでる。

競馬をしない競馬場は、遊園地のようにたのしい。似顔絵をかいてもらったり、ファンファーレを吹くラッパ隊と記念撮影をしたりした。東京じゅうの屋台が集まったにぎわいで、今川焼には馬の印が押してある。

ゴールまえに行くと、中継のアナウンスがどんどん早口になり、目のまえをつややかな馬がぼくぼくと駆け抜ける。会社帰りのグループは、三人もあたった、と万歳をしている。イケーイケーと声援していたお母さんと娘さんのふたり連れは、お母さんが的中し、スゴイスゴイスゴイと抱き合ってとび跳ねた。

当たったひとのそばで運をわけてもらい、いよいよ最終レースの待ったなしとなったとき、苦節十年一発逆転、生まれてはじめての万馬券が的中したのだった。

突然財布がふくらむなんて、おとなになるのはすばらしいとスキップしていると、打ちあげはおまえさんのおごりだぞ、追いぬきざまに親分がいう。夜風をうけて歩く手に、予想で真っ赤になった新聞を握りしめている。

手紙を持って

　かかりつけのお医者に、薬をもらいに行ったとき、思いついて足を見てもらった。足うらに、大豆くらいのほくろがあって、すこし気にしていたのだった。

　それまでののんびり薬の処方を書いていたのに、お医者はきゅうに真顔になって、これはおおきい病院に行かないと、紹介状書くからね、というから手がつめたく汗ばむ。たちの悪い病気かもしれない、基準よりおおきいから、手術もおおきくなるかもしれない。カルテに横文字を書き連ねながら早口でいう。それで、いい先生がいて安心だからねと、虎《とら》ノ門《もん》のおおきな病院に連絡してくれたのだった。

　厳重に封がしてある手紙を持って、出勤どきの街を病院にむかうと、活気ある足どりのひとたちが、風のように過ぎる。ついさっきまで駆け回っていたのに、右足がきゅうに重たい。病は気から、ノミの心臓となだめすかしても、すぐに心配でぺしゃんこになるのだった。

紹介さきの若いお医者さんは、手紙を読んで、恐縮するほど丹念に足うらを見てくれる。すこし切って検査しましょう、大丈夫と思いますが、足うらなので念のためと、ゆっくり説明してくれた。心配ですと顔に書いてあるから、大丈夫ですからねと、何度も繰り返し安心させてくれる。

検査の日取りを決めて病院を出ると、昼どきで、景色は朝よりほがらかなのに、ガラスごしに見ているように遠い。すぐそばのそばやには行列ができて、みんなそわそわと楽しそうにしている。山形の物産を紹介するそばやだから、うまいにちがいないのに、食欲がない。

それからしばらく、もやもやと日が過ぎた。

お医者さんは、大丈夫ですからね、と懸命に繰り返し、注射やメスを駆使して、あっというまに切り取った。検査を進めて、予定よりも早く結果を出し、ほかのお医者さんとも検討してくれた。それで、悪いほくろではありませんでしたよとにっこりされた。

傷の痛みもひいた足でおもてに出ると、雨あがりだった。古いビルのつたの葉が、洗濯したてでさっぱりと光る。深呼吸して歩きまわると、虎ノ門は優秀なビジネスマンの引き出しのなかのように、必要なものが詰まっている。書店、銀行、文房具店、マッサージ、早朝から開いているおむすびやには、きいろい蒸かし芋もある。飲食店はしこみのさなかで、かつおぶしのにおいが小路に流れている。

信号が青にかわる。

交差点を渡りながら、お昼は人気のそばやに並んでみよう、そのまえにおいしいコーヒーが飲みたいなと思って、喫茶店をさがしていると、腹もめでたく動きだす。

ピルゼン

父は、浪人をしている。

昭和ひとけたの働かざるもの食うべからず派で、せっかく定年退職となったのに、悠々の境地からは遠く、なにやら資格をとるべくもう何年も勉強している。ちいさな港町のおやじさんが、その資格を持つと、はたしてどういう利があるのか、家族はさっぱりわからない。本人はきまじめに机に向かうが、頭が固くなって来るから、なかなか試験に受からない。趣味の受験、年中行事とからかわれ、それでも、毎年試験を受けに東京に来る。

長く東京で働いたから、着けば嬉々《きき》として地下鉄に乗り込み、まっすぐ日本橋に向かう。はじめに丸善で重たい本を買う。それから三越で最新のゴルフクラブを振っては買わずに、シャツやネクタイ、帽子を選び、地下で土産のせんべいを買う。奮発してコートや靴を新調しても、いつもおなじ色かたちなのは、ひとの勧めを聞かぬたちだから、しかたない。

行きつけをまわって安心すると、ごちそうしてやる、と電話をかけてくる。いつもは、東京にいたころ足しげく通った店に行きたがるのに、あるときばかりはどこでもいいといったから、銀座交詢社《こうじゅんしゃ》のビルのピルゼンにつれて行った。

重い扉を開ければ、にぎやかな声が広がる。特等席の窓際《まどぎわ》もいっぱいで、大きなビール樽《だる》がならんでいるそばに座った。樽をかこんで、年配の紳士淑女が力づよくビールジョッキを握りしめている。

父は、ずいぶんにぎやかだなと驚いている。そのぐらいでちょうどいいからつれて来た。これといって話題もなく、はなせばなぜだかけんか腰になる親子だから、まわりの声ににくまれ口がとばされるくらいのほうが助かるのだった。

はなすことがないと、どんどん食べる。

ピクルス、にしんの酢漬け、ソーセージ、酢キャベツ、豚の塩漬け、ベーコンとじゃがいも炒《いた》め、コールドタン、チリピラフ、エビフライ、ボルシチ。

はじめは年寄りぶって、こんなに食べては体に毒だといったのに、ひと口うまいと気づけば、腹が減っては戦はできぬと、どんどん平らげる。

だんだんと、ほろ酔いの軌道に乗ると、面白そうにあたりを見まわし、急ぎ足でビールを配りまくっている初老のウェイターを呼び止めては、ビールのおかわりをくりかえす。

ウェイターも、若いウェイトレスも、すべての注文を聞きもらさないことが、父を驚かせ、喜ばせ、満足させた。

親子で向かいあえば、ビールジョッキを持ったときの手首の骨すじ、赤くなった頬骨のかたちがまったく同じだから、そのうちこういう顔のばあさんになるのだとわかった。

帳場には優雅なマダムがいた。

ふくれ腹で会計に立つと、ちいさな張り紙を見る。閉店御礼。たてかえで閉店し、新しいビルには入らない。おおきなビール樽、黒い窓飾り、白木の長いいす、使い込まれたテーブル。年配のお客が多いのには、わけがあった。

ピルゼンに行ったのは、その晩が最後となったが、父の浪人ぐらしは続いている。

先ごろ模擬試験を受けたら、合格率七十パーセントになった、といばっている。秋には七十となるから、いよいよ景気づいて、合格してもいいころとなった。

カラスの行水

葛飾《かつしか》の川ぞいに、十年ほどいた。

休みの日には店も開かぬ、ぽっかりした東京の田舎だったから、自動販売機でビールを買って、川原で飲んだ。

ひろびろとした江戸川を電車が渡る。草野球は大量得点の応酬で、ときおり打球が川に落ちる。缶のビールはすぐにぬるくなったが、泡気がしずまったところをするように飲むと、みじめったらしくて、おいしい。

昼寝ざんまいを決めこんで寝ころがれば、雨あがりのように土の湿度が近い。目がさめると汗だくで、腕にアリがよじのぼっている。そうやって、休日の明るさからあぶれていた。

トロンボーンという、伸び縮みするラッパを持っていって、鳴らしてみることもあった。

ラッパを組み立てるのに苦労するほどせまい部屋だったから、吹いてみようと動かすと、壁につかえる。金管楽器はうすっぺらで、ちょっとぶつければ、へこんだり曲がったりする。もとより古いアパートは楽器を演奏してはいけない。それで川原に持っていって、安心してぶかぶかと鳴らした。

散歩帰りの犬たちと入れ違いに、ラッパとビールをぶらさげて出かける。ほんとうは、ラッパを吹くとき泡気のある飲み物はよくないが、川原に行くのに飲まないわけにはいかない。

ときおり、離れたところからだれかのラッパの音が聞こえる。たいてい吹奏楽の練習だった。中学のとき、夏の終わりに吹奏楽の大会があって、夏休みはラッパを吹いているうちに終わった。そのころを思い出す音色だった。ああいうまっすぐで必死な音は、もう出ない。

そんなことを思いながらぶうぶうやっていると、鉄橋からカラスが飛びおりてくる。ちかくで見ると、ずいぶんおおきい。ラッパを鳴らして追い払ってみようとしたら、相手のほうが一拍早く、オイラノショバデナニシテイヤガル、と一瞥《いちべつ》をよこす。一羽きりなのに、地まわりの親分ほどの風格があって、おそろしい。とっさに気のいい感じの曲を吹いて機嫌をとってしまったのは、人類として情けなかった。

親分は、しばらくのしのしと歩きまわると、草むらの手前の水たまりをしばらくのぞいている。それから、太い足でずいと水に踏み込むと、ばさばさと羽を開いて、しぶきをからだにはじかせた。おおきなくちばしで、あちこちを器用につつく。犬のようにぶるると振って水を払う。片羽ずつ、湯船と洗い場のように水たまりから出たり入ったりして、無言でよっぽど念入りに、漆黒の濡《ぬ》れ羽の手入れをする。

くたびれてやめると、またこっちを見るから、しかたなくラッパを吹き続けた。ジャズは気に入らず、スコットランド民謡が好みだった。そのうち曲も尽きて、ちいさく草競馬をくり返して吹いた。休まず吹くと、鼻のつけ根にビールの泡がのぼってくるのがつらかった。

二、三度低く飛んで羽を乾かすと、親分は、またぐんぐん歩いて夏草にまぎれていく。あの調子で行くと、カラスはそのうち歩く方が楽になって、飛ばなくなるかもしれないと、黒い影を見送ると、あたりにはもうだれもいない。

相席日和《びより》

日が長いうちは、相席がいい。

ひいきの千住のもつやきは、いつも満員で、八人がけのテーブルに、二、三組が煙まみれでにぎやかに飲む。

生ビールもいれば、ホッピーもいる。あから顔になれば親戚《しんせき》も同様で、馴《な》れた調子でしょうゆや七味をまわす。ちいさなテレビのなかは、神宮球場。ストッパー高津がしっかり守っている。それを見て喜ぶひと、舌打ちするひと。

気分がのった部長さんが、よし、ここはおれが払うといい出して、やんや喝采《かっさい》をあびる。一期一会《いちごいちえ》のひとたちとひとつ卓で乾杯すると、持てあましていた長い夏の夕暮れが、笑って過ぎていく。串《くし》をつみあげ野球が終われば、煙のさきにようやく家路が見えてくる。

東北の出なので、カキは夏の食べものと思っている。千住には、暑さに負けると、カキなら喉《のど》をつるっととおるからとぜいたくをする店もある。

あいにくご相席になりますが、とおかみさんがいう。先客は老夫婦、おじいさんは、おおきな体をずらすと、座布団《ざぶとん》をひっくり返し、席をすすめてくれる。

生ビールに白山《はくさん》だだちゃ豆。じゅんさい、もずく、それからカキを、と一度に頼むと、そのままとなりの献立で、気があいますねとうちとける。

ふたりは、墓参りの帰りだった。すこし離れた都電の町に住んでいて、店のおかみさんとは家が近所なので、いちど来てみたいと思っていた。

厚いレンズで、おじいさんの目はすごくおおきく見える。話し好きで、ビールをひと口息をついで、それでね、と続いていく。小柄な奥さんは、まあぜいたくなこと、と涼しい酒膳《しゅぜん》によろこぶ。

おじいさんは、木地《きじ》職人だという。ぽかんとしていたら、私が作ったのはね、と教えてくれる。

たとえば神田のそばやの焼のりの。

ちいさな炭をしたに入れて、のりをあぶるやさしい二段重ねの箱を思い浮かべ、あれですか、と声をあげた。

それから国会議事堂と省庁。

議員が乱暴にばたんと倒す名札。省庁の入り口にかかっている黒い看板。

ちかごろは、議員の出入りが多いし、省庁も名前を変えちゃうから、せっかく作ってもすぐ使わなくなる、と不満気にいう。削って組んで乾かして、調整して、あとは塗るだけにして、漆屋におさめる。

おもてに広げて乾かすから、夕立が降ると、近所が総出でとりこむの、ねえ、とおかみさんが奥さんに声をかける。

このおじいさんは、昔ながらの職人だから、苦労したの。外に行けば大酒飲んで。酔っ払ってわかんなくなって、お酒と思って焼酎《しょうちゅう》一本飲んで、血圧計が振り切れたり。今はもう耳が遠いから、なにいってもいいから楽になったけどねえ。

奥さんは面と向かってにこにこと悪口をいう。おじいさんはと見ると、なるほどにこにこと聞こえていない。

仕事は私の代かぎり。もう食っていけなくなる。職業訓練校の生徒が修業させてくれって来たけど、断った。若いひとは、やめたほうがいい。

返す言葉が見あたらず、ビールを注いで、めがねのくもったレンズとふしの高い、長い指を見る。

それではお先に楽しかったと、ふたりは先に腰をあげた。さようなら、と握った手のひらは、あたたかくかわいている。

九段あたり

おおきな鳥居をくぐって茶店までいくとちゅうの桜のしたに、月に二回、こっとう市がたつ。出店はすくなく、すいている。店のひとたちは、おっとりと煙草《たばこ》をふかしている。

となりのひとに店番を頼んで、どこかに行ってしまって、しばらく帰ってこないから、客は値段がわからなくて、あきらめたりする。朝はやくからはじめて昼をすぎても、まだ口あけてないんだよ、安くするから買ってってと、情けないことをいったりする。

粉薬をはかるちいさなさじや、黒ずんだバターナイフ、小学生の工作の状差しなどを買った。状差しは、むかしのはがきに合わせてあって、いまの巾《はば》では折れてしまうから、からっぽのまま架けてある。ポケットに千円入れておいて、見てまわる。

ひととおりながめて、茶店でソフトクリームを食べてから、おじいさんにあいさつをして帰る。

うちのおじいさんは、ビアク島というところで戦死したから、おばあさんの足腰が丈夫で東京に遊びに来ていたときは、いい着物を着て、いい手さげを持って靖国《やすくに》神社に来た。みたままつりにも来た。最後にきたのは、十年まえで、鳥居から本殿に行くまで、何度も腰かけて休んだ。桜の終わりのころだった。

おじいさんは島で死んで、骨が戻ってこなかったから、うちの墓にはビアク島の砂がひとにぎり入っているらしい。靖国神社は、ここにおじいさんがいますと教えられて育ったから、行けば拝まずには帰れない。

神社を出ると、金物やに行く。このごろは、こっとう市よりもここで買い物するほうがたのしい。はじめて寄ったときは、うす暗いからやっていないのかと思った。店さきの赤いビニールサンダルを買った。底にいぼいぼがついている。五百円だった。

風呂《ふろ》掃除のときに使うから、欲しかったサンダルだった。すこしまえまで、あたりまえに売られていたのに、探さないとみつからなくなっている。風呂用のブーツや、外国の健康サンダルは、しゃれていてはずかしい。

店は熟睡している。棚におかれて、そのまま古びている。値段もいっしょに眠ったままだった。

金太郎の絵のついた小皿は、揃《そろ》いからはぐれてしまったから、百円。おじさんがいった。塩豆をいれる。つまんでいるうちに、金太郎がにらんでいるのが見えてくる。

おじさんは、店奥の茶の間にいた。おじさんは古びていないし、眠っていない。店のまえには新聞や雑誌もあって、それだけ最新で並んでいる。

こぶりのふたつきの飯碗《めしわん》は、百円だった。ふかし飯をするときに便利にしている。気に入って、おじさんに渡すと、これはふたがあったでしょうと、ふたを探してきてくれた。ふたは、すこしかけていた。かけてるから百円だな、ふたがついてても百円でいいよといった。

しぶとくて掃除ぎらいの金物やで、ポケットの小銭を使いはたして帰ってくると、空はすこし暮れている。買ったもののほこりを洗って、おじいさんのことを考える。あいさつそこそこにガラクタばかり買っていく孫は、きっと恥ずかしいだろうと申し訳なく思っている。

お好み花見

春になると、からだのあちこちがかゆい。

きのうは、足のつけ根がかゆかった。けさになると、背中に移って、もう半日竹ものさしでかいている。ほこりっぽくて乾燥した日が続くから、からだの水気がなくって、むこうずねは、白く粉をふいている。

風呂《ふろ》あがりにクリームを塗ろうと思って服を脱ぐのに、湯船につかれば乾物が戻ったみたいでいい気分だから、すっかり忘れて寝巻きを着る。着てから、しまった忘れたと思ったときは、もう面倒になって、明日の朝にしようとそのまま寝てしまう。

朝はまだうすら寒いから、寝床に服を引っ張り込んで着替えたり、横着をしていて、また忘れる。これを十日も続けていると、春の空気にくすぐられてしまう。見れば、律儀《りちぎ》なすみれが、今年も塀の割れめに花を咲かせている。

仕事まわりにせっかちが多いから、だんだん気みじかになった。年が明けてすぐに今年の花見はいつにするか、と暦をめくっていた。

桜並木に住んでいるから毎年堪能《たんのう》できるのに、だれかと集まらなくては、盃《さかずき》を酌《く》み交さねば花見をした気がしない。

並木道ぞいのビルの二階に、お好み焼きやがあって、ひな祭りが済むと予約して窓《まど》際《ぎわ》の席を占領するのが習いになっている。眼の高さに花がくるのがいい。この店の桜の宴は年に二度あって、秋には桜もみじの会もする。秋は食欲のほうも全盛だから、情緒とはすこし遠くにある。

幹事は、ともだち夫妻がする。

だんなさんは、この町生まれのお好み名人で、飲み仲間でやはり地元のお好み名人に声をかけてくれる。そういう鉄板奉行が、各卓について面倒を見てくれる。

お奉行さまは、花見をする間もない。

注文をとったり、好みをきいたり、おとなとこどもの味付けを変えたり、こまごまと働く。いそがしいのに、手伝われたり、鉄板にちょっかいをだされたりするのを嫌う。乾杯から、最後の鉄板の掃除まで、自分でやり遂げたいのだから、ありがたい。次々と食べるのがいちばんの孝行なのだった。

野菜炒《いた》めを食べる。イカげそバター焼きでビールがすすむ。こども用のとうもろこし焼きを横取りする。ひと息つくと、窓いっぱいの桜がある。そのうちソースのにおいにつつまれれば、お奉行さまの背中に夜風で桜が舞っている。

夫婦でくるひとたちは、奥さんにいいところを見せようと、だんなさんがはりきる。日ごろむっつり飲んでいる青年がきゅうにかいがいしく野菜炒めをとりわける。

毎年、おなじことで、もめるのも楽しい。駅の北口がわで育ったともだちは、もんじゃ焼きという。南口がわのともだちは、もんじゃじゃない、ぼった、と譲らない。毎年宴会の佳境で誰かがいい出して、北口のほうが月島に近いからなんじゃないか、とうそくさい識者の意見が出る。そのひとを年代の差じゃないか、とからかう。それからお奉行が、せんべいができてきたよ、とおさめてくれるのだった。

お奉行によって、作り方が違う。鉄板にドーナツ状に流し入れて焼くひとと、ざあっと流し入れたあと、混ぜながら煮つめていって、まんべんなくおこげせんべいを食べられるようにするひとがいる。煮つめるほうが合理的で、土手には、いまかいまかと待つ楽しみがあるから、毎年交互にお奉行を変えて座る。

締めのお好み焼きになるころは、腹がくちくなって、町人はへらへらと笑ってため息をつく。お奉行は、なかに入れる具にひねりを効かせる。紅しょうがとあさつきを混ぜてふっくら作る。火加減を調節して、なかのほうまで粉がよくふくらむようにする。どのお奉行さまも、へらでお好みを叩《たた》いたり乱暴にひっくり返したりしない。ゆっくりやさしく熱中している。

焼けるのを待って、今年も咲いたね、とうなずいてまた窓を見て、宴会をみまわす。

去年はいなかった赤ん坊が這《は》っている。去年の赤ん坊は、走り回る。去年走り回って叱《しか》られた子は、ひとみしりしておとなしくなり、お姉ちゃんらしくちいさな子の面倒をみたがる。

おとなのほうは、もう時間がゆっくり過ぎているけれど、独りものが奥さんを連れてきたり、町をはなれて来られなくなったり、越してきて初参加でうれしい、といったりする。毎回出席しているひとたちも、まえの年とはすこし違っている。

毎年おなじ場所でにぎやかにしているから、桜もそう思っているかもしれない。

くちあけさん

おおきな馬蹄形《ばていけい》の飲み台のなかで、クリント・イーストウッドによく似たおじさんが、踊るように動く。

注文がはいると、ホーイきたと跳んでいき、調理場にもどりながら、煮込みの大鍋《おおなべ》をのぞき、そのあいだに注文したつまみができて、はいお待ちどうと届く。無駄のない動きが、居酒屋のエレガンスなのだった。

古い居酒屋のいいところは、つまみの量の少ないところで、ひとりで行ってもあれこれ頼める。ふたりで行くと皿が豪勢にならぶ。

町のおじいさんたちは、四時半の開店すぐにひとりふたりと入ってきて、馬蹄形の飲み台の、テレビの見える席を陣取る。すぐ横に銭湯があって、着替えももどかしく、湿ったタオルをふりまわすように飛び込んでくるおじいさんもいる。

冬のいちばん高いつまみは、あんこう鍋で、ほかの季節は柳川が羨望《せんぼう》の品となる。ひとりでやってきて、梅割り焼酎《じょうちゅう》がまわったころ、おじいさんはヤナガワ、と赤い顔で注文する。煮えた小鍋が運ばれてくるのをほかの客は見るともなしに凝視している。おじいさんが、晴れがましいのに肩身の狭いような、へんな顔をしてだまって箸《はし》をつかっているのを見て、いつかは塩辛いばあさんになって、あんこうも柳川もさっさと食べてやると思って、梅割り焼酎を自分で作る。

名物の肉どうふは、鉄の大鍋で煮込まれて、店の奥に鎮座している。肉どうふは、煮込みに八つ割のとうふがひとつ入る。おなじ値段で、とうふだけ、の煮込みもある。とうふがふたつはいる。おまけで、肉のかけらがふたつほど入っているのがうれしい。

おじいさんのそろばんの速さが、酔い覚ましになる。えーと串《くし》かつ、アスパラ、きぬかつぎ、しめ鯖《さば》、とバチバチと玉を置いていく。いっしょに働く息子さんは、電卓を使っているから、おじさんの代限りの光景になる。連休や盆暮れの長い休みのとき、常連のおじいさんたちは、いまごろあそこの息子はハワイで、アロハなんか着て、そろばんの特訓だぜとからかっている。

一度だけ、おじいさんたちよりも早く、いちばんのりしたことがあった。おじさんとはなしができたのは、そのとき限りだった。動きがすごく機敏でびっくりしてます、

というと、おじさんは、

……ずっとシューキューやってたから。

という。なんだろうという顔をしたら、おじさんが横に飛んでボールをつかまえる格好をしたから、あ、シューキュー。サッカー。声をあげると、そう、とにっと笑った。そしてお客がはいって、おじさんはまたアステアのように店を滑っていった。風呂《ふろ》あがりのビールがからだに染《し》みていく。テレビではナイターが始まる。常連さんが並んだら、ひきあげどき、と腰をあげた。おじさんは、そろばん勘定をしながら、ありがと、今日はくちあけさんがよかったから満員だ、といった。はじめての、くちあけさんが誇らしかった。十四年まえの夏のことだった。

ふきみそ田楽《でんがく》

アパートのまえにあったお屋敷が、三日がかりで更地になった。ちいさな坂道のまんなかの石垣のうえに建つ古い洋館だった。

道に面して庭になっていて、木々のあいだに季節の花がちりばめられていた。半年に一度、庭師がはいるときも、道にはみだしたトチの大木の葉を落とすくらいで庭のなかはいじらない。それが庭のあるじの好みらしい。

夏になると、金網ごしに坂道に向かって、モッコウバラが弓なりに伸びてきた。たくさんの鳥も来た。猫たちは石垣にとびあがり、金網の破れ目から庭にはいってのびのびと昼寝した。

長年向かいに住んでいて、庭のあるじを見かけたのは数えるほどだった。パジャマのうえにどてらを着て庭にぼう然と立ち、あるいはしゃがみこんで日光浴している。

いまどき珍しいくらいのご隠居ぶりだった。

昨年末、めずらしく背広を着て出かけていくところを見た。脚が不自由と、うしろ姿を見て知った。その後、見かけない車がその家のまえにたびたびとまるようになって、ついに工事予定の知らせが家のまえに貼《は》られた。

それからは、なくなると思って窓から借景になる庭を見ていた。桜が咲いて、庭師が入ったから、この庭は残るかもしれないと期待した。歳月が作った雑然とした庭のある新しい家は、都心のぜいたくと思った。

桜が散ってすぐ、部屋が揺れた。お屋敷の解体が始まった。窓に近寄ると、庭にショベルカーが入っている。ふたりの男が木も腰掛けもなぎたおしている。庭は午前中で丸刈りとなって、トチの大木がいいわけがましく残された。庭の消えるのをずっと見ていた。あの庭を壊しているひとたちが、なんとも思わずにやっているとは思いたくないような作業だった。

屋敷は二日がかりで壊れて、がれきが運び出された。四角くなった土とトチの木が、やわらかい春の陽にうつらうつらしている。

散歩から戻ると、この石垣は残るのだろうかとなでていた。石のひとつひとつが、おそろしいことにひとの顔に見える。苦しげだったり、叫ぶようだったり、悲しそうにゆがんでいる。この石垣は、そのままにするのも壊すのも、どちらもおそろしいと思って見あげると、頭上の庭のあったところに、ふきのとうが出ている。

すこし光るようなきみどりいろの丸い葉に、もうすぐ開くつぼみがある。毎年うっそうとした庭のはしのこの場所に出ていた。

屋敷からは山吹のしげみで見えなかった場所で、坂道からよじのぼって摘んでみたいと見ていた。実行するわけにもいかず、ながめているうちに葉がおおきくなり艶《つや》を失い、花が開ききってしまうと毎年きまってがっかりした。

空地には細いひもが張ってあるだけだったから、くぐって入ってみた。くろぐろと見えていた土には、食器やガラスのかけらがちらばって、歩くと足が沈むほどやわらかかった。奥まで行って、ふきのとうを見る。いつもの年よりもたくさん出ている。ほかの木が消えてしまったからかもしれない。

つぼみを十、葉を八枚、それからひらきかけた花を三本つんだ。金網の先にでているのもつんで、指を切った。根を残すように切ったが、来年はコンクリートの下かもしれない。

部屋に戻り、花瓶にさした。葉は水があがったら、湯がいて佃煮《つくだに》にする。つぼみはあぶって刻んでふき味噌《みそ》にした。

その晩は、こんにゃくにふき味噌をのせて食べた。切った指には、ばんそうこうが巻いてある。もくもくと食べた。

3 なんでもない日

泳ぐ

春の声を聞くと、スポーツクラブのチラシがポストに入ってくる。冬場にちぢこまったからだを鍛えましょうと誘う。気みじかなので、機械を使ったり、道具がないとできない運動はやりたくないが、広いプールがあれば入会してもいいかもしれない。長いあいだ、水が苦手だった。泳ぐと息が苦しい、まえに進まず、からだは重いまま沈んでいく。

通った高校は、五百メートル泳がないと卒業できないことになっていて、夏は暗い顔で日々を送った。三年めの夏休みにおぼれるように完泳し、卒業にこぎつけた。それからは、自分から泳ぐと、考えもしなかった。

学校を卒業して、体育の授業がなくなると、からだはどんどん固くこわばった。肩、首、腰をひねると、骨がぼこぼこと鳴る。話しているひとがびっくりするような音が出る。そのうち腕がしびれて、雑巾《ぞうきん》が固くしぼれなくなった。

これではいけないと思ったころ、水中ウォーキングがからだにいい、とテレビや雑誌がさかんに勧める。ゆっくり歩くだけでもいい。水をかきわけながら歩けば、腰だけでなく肩もよく動き、筋肉が柔らかくなるという。ちかくの小学校の温水プールも、住民の要望で、夜間開放をすることになった。水着を買いに行こうかなと、重たい腰を持ち上げる。

水に浸かってふた月もすると、腰が軽くなり、手のしびれがとれて、腕がよく伸びるようになった。夜はくたびれてよく眠れるし、終わったあとのビールがおいしい。いいことばかりだったから、うれしくなって通いつめた。

毎日水のなかを歩いていると、だんだん欲が出てくる。ロボットのようにのし歩くよりも、軽々と水に浮いて泳いだら、もっと気分がよく、ビールもうまいにちがいないと魚のように泳ぐひとたちをうらやむようになる。

夏が近づくと、プールに短期水泳教室の張り紙が出た。監視員のひとがボランティアで教えてくれる。初心者歓迎《かなづち》とあるから申込んだ。プールの一往復、五十メートルくらい泳げるようになりたかった。

ところが始まってみると、初心者はいない。三十人ぐらいのひとが、二コースを鮭《さけ》の里帰りのようにぎゅうぎゅうに泳ぐから、なにがなんだかわからない。

笛を吹かれてスタートするのも慌《あわ》ただしい。まえを泳ぐひとの、蹴飛《けと》ばした水を飲んだり、うしろのひとが追いついてきて足をはたかれたりした。そういうのが気になって、せっかく習い始めたのに二回ほど参加してよしてしまった。

溺《おぼ》れる水の日々に戻るなら、歩いている方がからだにいい、習うより慣れろで、そのうち泳げるようになると、なぐさめ、原始以来の能力が目覚めるのを待つことにして、休まず水にはいった。

速く美しく泳ぐよりも、ゆっくり長く泳げるようになりたい。毎日水に浮いて進んでみることにした。

気後れが体を固くしていた。からだは浮くのに、前進を始めると力が入る。手を動かす。手で水をかくと、ゆっくりまえに進む。進めばおもしろいから、くりかえしているうちに、だんだん水をやわらかく感じるようになった。日がたつと、からだが沈まなくなって、尻《しり》がぽかりと水から浮く。水になじむというのは、これなのだと思う。気づけば水のなかが気持ちがよく、プールの壁を蹴るときに、笑っていたりするのだった。

あとは原始人からすこし進化して、手と足をいっしょに動かすことだった。雑誌の水泳特集を読んで、イメージしながらやってみるのに、文字で書いてあることと、からだが一度にやることには隔たりがある。考えながら泳ぐと、また逆戻りして、うまくいかない。

それでも、もう水のなかが気に入っていたから、もがきながら浮かぶために通った。からだを浮かせたまま、全身をぴんと伸ばす快適は、ラジオ体操では得られない。

気長に通っていれば、また楽しくなると、一足あきらめに退いたときに、足が違うのよ、と声をかけられる。

初老の女のひとなのに、ひきしまった腕としっかりした胸もとで、長く泳いでいるのだとわかる。いつも何十往復もしている。金キャップをかぶった、鮮やかな水着のひとだった。

毎日来ているのに、いっこうに上達しないでふらふらしているから、目障《めざわ》りになったのかもしれないと恐縮したが、足の蹴りかたのみならず、手のかきかた、手足の組み合わせかたと、手足を持って引っぱって教えてくれた。それで図々《ずうずう》しく、はじめはクロールから覚えるのよ、というのに、平泳ぎだけでいいんですと無理をいった。

泳ぎのフォームというのは、年々変わっていくのだというのも、はじめて知った。一度教えてもらっただけで、ひと息にサルから人間の泳ぎになった。そのひとのおかげで、小一時間で、魔法がかかったように泳げるようになってしまったのだった。

力の入れ場所、抜き場所、手足のタイミングで、いきなり百メートル泳げたときは、自分のからだだろうかと疑った。

それからは、日々、距離をのばすために泳ぎ、三カ月後に、二キロ泳げたので満足して、往復を数えるのをやめた。ゆっくり泳いでくたびれたら、やめる。最初の希望のままでいる。

クロールやバタフライは、性分に合わないと思っている。それでもときどき、あと五十メートルでやめようと思って泳ぐときゅうにからだが軽くなり、もっと泳ぎたくなるときがあるから、欲深がまた頭をもたげてくるかもしれない。

カレー散歩

八十五になるおばあさんの好物なので、実家の台所に立つときは、カレーライスを作ることが多い。

ほかの家族は、インド風やタイ風のカレーにも慣れているが、おばあさんに合わせて作るから、鶏《とり》と野菜の煮込みにカレーが香る程度の味にする。凝らぬ味ほど手間がかかる。本格的な市販のカレールーは辛くて味が濃いから、昔からあるちいさな缶入りのカレー粉をつかう。

玉ねぎ、にんじん、セロリをみじんに切る。五人分、そのうちの半分はつぎの日のカレーも楽しみにしているから、たくさんの野菜を刻むうちに足がしんと冷たくなる。バターと油で炒《いた》めあげて肉をいれ、小麦粉とカレー粉をいれる。小学校の調理実習で習ったとおりにする。

残ったワインとトマトの缶詰、りんごの摩《す》りおろしを投入し、レモンをしぼれば、あとはときおり混ぜるだけとなる。

おおきな肉がごろごろしていないのがいいと兄がいい、おばあさんのは小鍋《こなべ》にわけて牛乳をいれてもっと甘口にと母がいい、じゃがいもは別に蒸《ふ》かして丸ごと添えろと父まで口を出すから、煮込み始めて、流しを片づけながらそれぞれの好みに仕度をする。

豆いも南京《なんきん》は、女の好物というが、父はどれも好きで、枝豆は放っておくと、あるだけ食べてしまうから、父の席からいちばん遠いところに置かれる。じゃがいもとベーコンを炒めたのを食べると、そのまま腹がぽんと出るし、かぼちゃは、うちのお母さんのかぼちゃ煮は普通と違うんですよとお客に講釈する。

かつては、かぼちゃはこどものころ食べすぎた、といって手をつけなかった。年とともに味覚はこどもに帰っていくのかもしれない。おばあさんと母と、女優位の所帯だから、サラリーマン時代に鍛えた舌が、ひよったのかもしれない。

カレーを作るのは、家族が揃《そろ》うときだけ、大量に作っておしまい。スープやシチューの残りをカレーにするひともいると聞くが、ふだんは食べきるように、ままごとのように料理するからカレーまで回らない。

商店街は、肉やの特売に合わせて、やおやもスーパーもにんじん、玉ねぎ、じゃがいもを並べる。一歩小路にはいると、あちこちの家から玉ねぎを炒めるにおいがする。

そのうちあちこちの窓から輪唱のように、カレーのにおいが流れてくる。

いつもは老人だけの、テレビの音ばかりするような家から、こどもの笑い声が聞こえる。孫が遊びに来て、カレーを作って、三世代でおいしいおいしいと食べる。

うちのおばあさんも、東北の山のふもとでひとり暮らしをしていたころ、長い休みに遊びに行くと、カレーを作ってくれたのだった。

ライスカレーにするからねえと、はりきって作ってくれた。豚肉がころころしているカレーだった。炊《た》きたてのごはんは、家で食べるよりも柔らかく、二合炊きのちいさなみどりいろの炊飯器を見るとさびしくなって、東京に帰りたくなった。

はじめのごはんを仏壇のおじいさんに供えたが、カレーは並べなかった。

おばあさんは、もう台所に立たない。カレーは作ってもらったよりも、作った回数のほうが多くなった。

店長自慢

学生時代の四年間、絵はがきやでアルバイトをしていた。雑貨の店が、はるばる出かけて行くようなところで、渋谷にロフトができるまえのことだった。

オーナーが、アメリカから買いつけてきたはがきを中心に、観光的なものではない、冠婚葬祭やふだん気軽に使うような、絵はがきやカードが並ぶ。輸入文房具もあった。カードを専門にしているところはなかったから、店は人気があった。

クリスマスやバレンタインデーのときは、店じゅうがごったがえした。大入袋も出た。学校がちかかったから、週の半分以上、その店で働いていた。

休みの日も、ほとんどそこにいた。

ふだんの日は、ちかくの学生や会社のひとたちでにぎわうが、休日はひと気のないところだった。日曜や祝日は、のんびり掃除やカードの整理ができてよかった。

すこし坂を下ったところに、場外馬券売り場があって、そこの客が来るくらいで、午前中赤いボールペンを買ったおじさんが、夕方にいろんなカードや文房具を買っていく。あ、勝ったんだ、と思ってレジを打った。

絵はがきで、画家や写真家の名前を覚えた。色の好みも、アルバイトをしながらずいぶん変わっていった。

慣れてくると、ショーウィンドウの飾りつけをさせてもらった。日曜のお客のすいたときに、季節を考えて飾るのは楽しかった。お客さんに、おもてに飾ってあるのがほしい、といわれるのもうれしかった。町は景気がよく、時給のいいアルバイトがたくさんあったのに、ほそぼそと店員を続けた。居心地のいい店だった。

学校のともだち三人といっしょにしていた。ちかくにある、ほかの学校のひともいた。女子ばかりで、みんな仲がよかった。社長は、いつも留守だったから、店には店長がいた。ウメキさんという女のひとだった。

仕事中は、こまごまと厳しかったが、そのあとはさっぱりとしている。姉御肌で人気があって、近所にはシンパがたくさんいる。店長の留守に仕事をさぼっていても、すぐに密告されて叱《しか》られる。

年末には、アルバイトを引き連れて飲みに行く。ラウンジ、というところに連れて行ってくれて、あか抜けない女の子たちに、夜景をみながらお酒を楽しむことを教えてくれた。

ウメキ店長の教育方針は、実践で学ぶ。電話のとりつぎ、接客、帳簿のつけかた、できそうなことは、お勧めしても困らないようにね、といって、すべて任せてくれた。ほかにも、すき腹で飲みに行くときは、牛乳を飲むこと、疲れたらチョコレートを口に放り込むこと、昼間は服ににおいのつくものは食べないこと。

店のうらにおいしい讃岐《さぬき》うどんの店があるのに、食べられないといちばん悔しがっていたのは店長だった。

ちいさな店をよくしようと、一生懸命営業もしていた。ひとりで育てたお嬢さんが、名門校に合格すると、電話口で涙ぐみ、いやあねもう、と化粧を直しにひっこんだ。夕暮れになると、男のひとから電話がかかってきて、艶《つや》っぽい低い声で話していた。折れそうに華奢《きゃしゃ》なからだで、満員の井の頭線に果敢に飛び乗った。おとなの女性は、つらくて楽しくて大変でかわいらしいと覚えた。

分け隔てなく、思ったことをずばずばいって、九州の女だから、気が強いのよ、とけろりとしている。

なつかしい絵はがきやもずいぶんまえに店じまいして、店長のその後はわからない。

メールを使うようになって、絵はがきを書くことも減るいっぽうでいるから、伝票に〆の字をいれるときに定規できっちり線を引くと、店長は元気でいるかしらと思う。はじめての上司だった。

おでん秘伝

木枯しの便りが届くなり、おでんを食べましょうと誘われた。

勤めに出て、はじめて外のおでんを食べた。おでんは、給食によくでたり、祭りの屋台にあったから、こどもっぽい食べものだとおもっていたので、店の戸を開けたらおじさんおじいさんがひしめいていて、びっくりした。

家庭でつくるおでんは、どちらかというと手抜き料理の部類にあるのに、外のおでんはずいぶん手間がかかっているのにもおどろいた。

大根がきれいに面取りして、下ゆでしてある。風呂《ふろ》みたいな鍋《なべ》のなか、一堂に漂っていた。ちくわぶも、厚揚げも、輪郭がしっかりしたまま味がしみているのだった。

勤めが長くなって、外のおでんにもすっかりなじむと、家で作るおでんもすこし気をつけるようになる。澄んだおつゆのまんまのおでんが作りたい、とカウンターのなかをまじまじと見ていると、ゆでだこ顔のおじいさんの、講釈がはじまった。

おいしいおでんの要点は、三つ。煮立てない、一度に煮ない、油抜きの手を抜かない。おじいさんの家で実践済みの秘伝で、息子がいっしょに住んでるころはよくおばあさんが作った。いまはふたりきりだから、外で食べてんのと、頭をこちらに寄せてくる。おでんやのあるじは、そらとぼけたふうに天気予報を見て、口をはさまない。

目覚めたときから冷え込んだ休みの日に、たこじいさんのおせっかいを思い出し、秘伝どおりにやってみる。

朝飯を作りながら、大根と卵とこんにゃくをとろ火で煮て、火を止めて出かけた。

夕方帰ってから、芋を入れて鍋をあたためて、練りものの油抜きをしっかりする。鍋に投入し、ごはんを炊《た》いたり、野菜をきったりするあいだもとろ火で煮込む。沸騰《ふっとう》させないように気をつけていると、澄んだおでんができた。一日の動きのあいまにおでんを組み込むと、面倒ではないことがわかった。

おでんを食べようと誘ったり、関東と関西の違いを熱心に語るとき、男のひとは、うちのおふくろはね、といっているような、無防備な目になる。

ちくわの穴をのぞいたり、からしに鼻をつまんだりしながら、熱燗《あつかん》でゆらゆらするおでん好きは、小太りの、のんきなひとが多い。

いつかおじいさんが

偉いおひとの立派なはなしをききながら、このひとは、どういうおじいさんになるだろうと、うわの空でいる。白髪にしたり、しわをつけたり、つやつやした頬っぺたをしぼませてみたりするのはたのしい。

立派なおひとのなかには、せっかくほんとうのおじいさんになったのに、老人らしくしないひとがいて、もったいないなと思う。その反対に、生まれたばかりなのに、ほれぼれするほど徳のある顔をしている赤ん坊もいる。いないいないばあをして笑ってくれると、拝みたくなる。

田村治芳《はるよし》さんは、そういう赤ん坊だったのではないかと思う。田村さんは、『彷書《ほうしょ》月刊』という雑誌の編集長をなさっている。

はじめてお目にかかったときは、柔和なたたずまいと、ひろひろしたアクセントのかわいらしい酔っ払いだった。遠い峠道で、ひょっこり出会って、うれしくなるようなひとだった。そしてすぐ、いいおじいさんになりそうな顔をしていると思った。

そのあと、酒宴でたびたびお目にかかった。田村さんはいつもにこにこ酔っていた。あるとき、ひとをかきわけやってきて、となりにすわって、おなじ卓のひとに、こんど文学賞作るから応募してよとおっしゃった。雑誌の記念のお祝にしようと思っていると話しているのを、となりで飲みすぎて身を固くしながら聞いていた。

その後、幸運にもその賞をいただいて、田村さんとのご縁ができた。賞をいただいたとき、小説家志望だったのと驚かれたり、つぎの作品はときかれたりして、からだをちいさくした。

応募したわけは、酒宴で会った田村さんがすてきなおじいさんになりそうで、仲良くなりたかったからとはいえない。賞金は、あっというまに飲んでしまったともいえない。

そのあと田村さんには、詩をうつした画用紙や、おもちゃをもらったり、雑誌で連載させてもらったりしている。過分な幸いと思っている。

『彷書月刊編集長』という、田村さんの本が出た。表紙はすてきな顔写真だった。

それをながめて、長いひげや白い眉《まゆ》を追加してみる。

本のお祝いの会に行ったときに、田村さんの愛息のジローくんに会った。幼稚園生でも田村さんによく似ているので、ぴったりくっつかれると照れた。

ジローくんは、すてきなおじいさん予備軍の期待の新鋭だった。

ロゼット博士の散歩

ロゼット博士と散歩にでかける。

博士は、十年まえの上司で、専務だった。夕暮れどきに仕事場に顔を見せると、古書店で見つけたきれいな装幀の本や銅版画を見せてくれたり、ウクレレやフルートを演奏した。

仕事は、好き放題にさせてもらって、困ったときだけ泣きついた。困りごとは、たいていつぎの日には、なんでもないこととなった。

ちいさい会社のなかにも、ひとの出はいりや調子の波があって、風とおしが悪くなるときがある。そういうときに、散歩中の博士から、ちょっと出てきませんか、と電話がかかるのだった。

湯島の夕暮れ、神楽坂の石畳、銀座のバーのカウンター、お濠《ほり》ばたの柳。坂道をくだり、木々を見あげ、めずらしい花をからかう。

古い建物のある道を選んで歩き、できたてのレストランでビールを飲んで、浅草の居酒やにながれて、銭湯でさっぱりする。

悩んだときは、歩くこと。

いっしょに歩いて、そう覚えた。

仕事をする機会がすくなくなっても、ときおり夕方おちあって、散歩して酔っぱらう。あれこれ話して、そんなのぜーんぜんたいしたことないじゃないといってもらう。ロゼット博士は、情緒ある随筆家として知られるが、ちかごろは、ダンスのステップのように、ほがらかに軽くうしろずさりしたがっているから、ほんとうの名前は書かない。

冬の出口の見えないような夕方だった。厚いコートを着て、路地うらを歩いていた。

……ロゼットが起きあがってきましたね。

と博士がいった。見れば、たんぽぽのやりやりとした葉が、こころもちうえを向いている。季節を見つける新しい目玉をもらった。それ以来の、ロゼット博士である。

植物に詳しく、ときおり木の学名をそらんじる。体にあわずしっかりした首をとおって、高めのテノールで響く外国の木の名前に耳をすます。

ちいさなともだち

幼稚園にはいる年に東京に来て、父の会社の家族寮に住んだ。寮には、赤ん坊から高校生までのこどもたちがいた。はじめはおにいさんおねえさんに遊んでもらっていたのが、だんだんちいさい子たちの面倒をみるようになる。おねえさんたちと遊ぶときは懸命だから、泣いて帰ってもなんともなかったが、年下のわがままな女の子に、もっと年下のこどもたちといっしょにいじめられて帰ってくると、気がちいさすぎると叱《しか》られた。言葉に説明できないことは、泣いてかんしゃくをおこしていたのだった。

いまも年若いともだちと遊ぶ。ともだちのこどもや、となりのアパートのこどもや、駅ビルの屋上で会ってともだちになった。中学生の女の子は、学校をさぼってうちのアパートの屋上にかくれていた。ふとん干しを手伝ってもらってお茶をいっしょに飲んで仲よくなった。

若いともだちのことばには、速度がある。

おもちゃのロボットの腕をもいだから、それじゃ痛いぞというと、ドーシテ、モノナノニ、といい返してくる。すべらかな心に敏感に拒まれると、草で指を切ったような痛みがある。それで、おとなになって小賢《こざか》しくなったと思ったのに成長しないものだとがっかりする。

アパートのうえにいる女の子は、生まれるまえから知っている。ちいさく生まれた赤ん坊だったのに、幼稚園くらいからひょろりと背が伸びた。足がとても長い。お母さんとは、女の子が話すようになってから親しくなった。この子おともだちなの、と紹介してくれた。

ランドセルが重いのに、路地の遠くからでも見つけて駆けてきてくれる。いっしょに図書館にでかけて、おしゃべりする。学校で、エレベーターにのってはいけないことになった、というはなしや、風邪が流行したこと、クラスがえで、幼稚園からの仲よしとはなれてしまったはなし。遠足は寒かったとか、給食にケーキが出たと教わる。

夕方になると、アパートのまえで一輪車の練習をするのを見物する。一輪車が大好きで、いつも誘ってくれるが、見物だけにしている。

遠くへ越した子もいた。

この町のこどもは、たいてい地元の小学校に入るのに、男の子は、黒い制服を着て、とおくの学校へ通っていた。

男の子のお母さんは、夕方になると、仕事に出かける。和服姿の、品のいいひとで、一流のところに出ているとひと目でわかる。

お母さん似の、おひなさまのような男の子は、学校から帰ると、家庭教師の先生と勉強する、といった。いつもきちんとあいさつをして、昼間からふらふらしていると、今日は仕事は休みなの、と気を使って聞いてくれた。

いちどだけ、アパートのまえで、キャッチボールをしているところに、帰ってきて、すこし遊んだ。

グローブを渡すと、制服のまま速い球を投げた。相手になったかつての野球少年も本気で汗をかいていた。サッカーより野球が好きだといった。

それから、会うたびに、またキャッチボールしようといい合っているうちに、会えなくなる。学校のちかくに越すことになった、という。ちいさい男の子は、家にいないの、と聞いてきた。

……引越しするから、おもちゃをたくさん捨てなさい、とお母さんがいったんだけど、ちいさい男の子がいれば、全部あげようと思ったんだ。

駅から続く桜並木をいつもひとりで帰ってくる黒い制帽の、白い鼻すじがしたを向いた。

ともだちごはん

外でする食事でいちばんの楽しみは、ともだちごはん。仕事帰りに新しいレストランやうわさの店をのぞく楽しみも、ともだちの家のごはんにはかなわない。からだの具合がわるいわけでも、仕事が忙しいわけでもないのに、泥湯に浸《つか》っているようにからだが重たくなるときがある。眠気もなく、覇気もない、気分は湿っぽいのに、髪や顔はぱさぱさと干《ひ》からびて、見るもの聞くものますますうわの空になる。そういうのを風のうわさで聞いて、見るに見かねた面倒見のいいともだちが、ごはん食べていきなよと湯気のにおいの部屋に招きいれてくれる。

ちいさなこどものいるともだちは、家族の食卓からひとりぶんを捻出《ねんしゅつ》してくれる。あたたかいごはん、青菜のみそ汁、キャベツの一夜漬け、それから半身の干物とたらこ。

女の子が歩いてきて、ちいさな指でたらこを押す。ちいさな指のあとのついたたらこを見て、ともだちが叱《しか》って、女の子は泣き出す。にぎやかな家族にまざって、へこんだたらこをのせてもそもそ食べたごはんは、しっとりとやわらかい。

ひとり暮らしのともだちは、先約を断って、家に泊めてくれた。

ひと晩ぐっすり眠ったら、コンソメスープとオムレツ。それから買い置きのパンを半分こにしてくれた。朝はやくから始まる会社なのに、しっかり食べないと元気出ないよ、とパジャマのまま作ってくれた。

ともだちごはんに呼んでもらって、体のために食べるごはんと心のために食べるごはんがあると知り、なかなかお返しができないことをうしろめたく思っている。

たくましいともだちに支えてもらってばかりでいても、いつか弱ったともだちが電話をかけて来るかもしれない。その日のために、まずはしっかり食べていたい。

休日のちいさな本

本は、木箱にいれておいて、あふれてくるとかたづける。くりかえしかたづけても、箱のなかに残す本があって、並べてみるとちいさな本が多いのだった。

本を読むのは休みの日で、出かけるときにも一冊連れて行く。そんなふうにして、ちいさな本が増えた。なんど読み返しても、手もとに残るちいさな本が増えていくのは、たのしい。

①『久保田万太郎句集　こでまり抄』（成瀬櫻桃子《おうとうし》編　ふらんす堂）

新刊書なのに、李朝《りちょう》のうつわのような静かなたたずまい。俳句は、一ページに五句ずつ配置され、清潔で風通しがいい。扉写真の久保田万太郎と、いっしょに写っている猫がとてもよく似ている。装丁、千葉皓史《こうし》。

②『SUNSHINE + CLOUD 18』（サンシャイン プラス クラウド 永井宏《ひろし》）

葉山にあるお店のカタログ。

洋服がほとんどなのに色がなく、商品と関係のないみじかい文章が添えられている。文章は、アーティストの永井宏さんが書いている。のんびりした海の町から届く、手紙のような一冊。

③『猫』（有馬頼義《よりちか》ほか 中央公論社）

猫随筆のアンソロジー。カバー絵は、猪熊《いのくま》弦一郎、装丁、恩地孝四郎。灰がかった青がうつくしい。筆者のひとり寺田寅彦《とらひこ》の『柿の種』に、自作の「三毛の墓」という楽譜があって、アコーディオンを弾きながら歌ってみたら、なんともさびしい一日になってしまった。

④『春のてまり』（福原麟太郎《りんたろう》 三月書房）

このシリーズを熱心に集めているひとも多いと聞いた。帯に、表題の「春のてまり」の一文がある。この文章がとても好きで、くりかえして読む。目の粗い布に赤い文字がかわいらしい。

⑤『ぜんまい屋の葉書』（金田理恵 筑摩書房）

著者自装。金田理恵さんの本を、いつも心待ちにしている。神楽坂に暮らし、手刷りの活版印刷で刷ったはがきが一冊になった。屋号のぜんまい屋は、『ネジとゼンマイのぜんまいで、「人に親しい機械」という意味がこめてあります』とのこと。

⑥『河流小佳　綿誘河川』（王鉄柱）

作者自装。王さんは、北京の画家。はじめて会ったときは、半裸で床に寝ていた。二度めはランニングを着ていたが、めくって腹を出していた。彩色の板絵や刺繡《ししゅう》作品が多く、本作りは、新しい試み。三度めに会ったとき、王さんは、私たちはもうともだちだ、ともだちだけど安くしてあげないよ、とにこにこしていた。

いちばんうまい

十日に一度、ちかくの食料品やで買うパンは、しっかりしていておいしい。くるみやチーズが入っていて、ワインにあうから、夜食べる。

朝は、たいてい納豆を食べる。

昼の弁当用に米を炊《た》く。その残りを納豆で食べる。

納豆には、ねぎ、ごま、じゃこ、きざんだ青菜づけやらめかぶやら、目についたものをどんどん入れる。納豆丼《どんぶり》は、作るのも食べるのもあっというまで、毎日食べても飽きない。たいらげてから、りんごを食べて茶をすすって朝食はおしまいにする。

野菜や肉や魚は、弁当や夜の居酒屋で食べるから、朝は簡単でいいと思っている。

夏は、だし納豆にする。

だし、というのは、山形の夏の食べもので、しょうが、みょうが、しそ、なす、きゅうり、おくら、モロヘイヤ、ねぎをこまかくきざんでまぜたもの。きゅうりとなすだけは、ひと手間かけて塩もみするが、ほかは細かく刻むだけ。香味野菜で口のなかがすっきりして、ねばりのある野菜にみちびかれ、食道の通りがよくなる。からだのなかがきれいになった気がする。

だしは、しょうゆをかけて冷奴や、ごはんにのせて食べる。山形の温泉旅館のおかみさんに教えていただいた。納豆に、このだしを投入する。きざむ労だけで、火を使うこともない。いちどに野菜をたくさん食べられる。食欲のおちる夏場のごはんがさわやかになる。

夕食に納豆を食べるときは、オムレツやチゲ鍋《なべ》に入れて、火を通して食べる。冬は納豆汁を作る。すり鉢で納豆をねちねちとつぶしてだしと混ぜてみそ汁を作る。とうふ、わらび、モダシというきのこ、コンニャク、あぶらあげを入れ、セリを散らす。両親の里で食べるものだと思う。東北で暮らしたのは、生まれてから幼稚園にはいるまでだが、両親とも東北の出だから、東京ずまいでも食卓は東北なのだった。そんなふうに、納豆を食べて育った。

夕食に納豆を食べた翌朝、部屋に納豆のうらさびしいにおいが残っていて、窓をあけて空気をいれかえる。重たい窓が、白く曇っていると、かならずひとみちゃんの家を思い出す。

ひとみちゃんは、東北に住んでいたとき、はじめてできた同い年のともだちだった。ちかくに住んでいて、家を行き来して毎日遊んだ。

そのころは食が細くて、朝ごはんを平らげるまで、椅子《いす》に着物のひもで、しばられていた。のろのろ箸《はし》を動かしていると、ひとみちゃんが遊びに来てくれる。ひとみちゃんが遊びにくると、きゅうに張りきって、嫌いな牛乳を飲み干した。

ひとみちゃんとは外で駆けまわっていることが多かった。家のまえのちいさな坂で、そり滑りもした。雪もずいぶん降った。庭にはいろいろな果物の木があって、木にのぼって軒したの蜂《はち》の巣を見た。

おもちゃをたくさん持っていたから、雨が降ると、ひとみちゃんの家で遊んだ。人形の頭から粘土の髪がにょろにょろはえてきて、好きな髪形に切って遊ぶおもちゃや、ちゃんと熱が通る台所のおもちゃとたくさんのおままごとセットがあった。それは、ひとみちゃんの病気で外で遊べないおねえさんのためのおもちゃだった。

雨が降ると、ふたりにおねえさんが加わって遊んだ。毎日、ずっと家のなかにいるから、おねえさんはよくかんしゃくを起こしたが、ひとみちゃんのお母さんもそれを仕方ないとしているようで、叱《しか》らない。

朝いちばんに駆けていくから、ひとみちゃんの家は、まだ朝食の卓がそのままになっていることが多かった。うすぐらい雨の日のひとみちゃんの家に、納豆のにおいが降っていた。

納豆には、糸も残る。器のへりに、薄茶いろの糸がいく筋もくっつく。

中学校のころは、とにかく眠くて家族といっしょに朝ごはんが食べられなかった。あの眠さは、反抗期の身体表現だったのではないか、といまになると思う。日曜は、昼まで寝ていた。起きていくと、父が台所のテーブルにいる。みな出はらってしまって、ひとりで昼食を食べていた。

となりに座って、ぼんやりお茶を飲んでいると、父が、この世でいちばんうまいものをいまから作ってやるという。

ああそう、とテレビのほうに離れていくと、できたぞうと、背中に声がかかる。テーブルにもどってみれば、それまで父が食べていた納豆の入っていた小鉢に、ごはんをいれてかき混ぜてある。納豆の糸だけのごはんなのだった。

食べたくないといったのに、うまいから食えと強要され、しぶしぶ食べたら、おどろいた。九人兄弟の大家族で育った父のひねり出した、知恵の味だった。

朝一番でバーバー銀巴里で頭を刈りあげてきた父は、満足して茶を飲んだ。半ズボンで、細くて青白いすねをしていた。

家族とはなれて、納豆丼で腹がふくらんで糸飯は食べられない。この世でいちばんうまいものは、ひとりでは食べられない。そう思って父が食べさせたとは思わない。

弁当大尽

　昼は、弁当を食べる。一合半炊《た》くと、だいたい一日ぶんのごはんで、朝・昼か、昼・夜の二回で食べきる。朝はパンがいいときもあるし、夜は外で済ませることも多い。それで、昼の弁当を中心に、食生活を組み立てる。

おかずは、同じようなものが続く。ゆでた野菜、前の晩の残りの煮豆やきんぴら、卵焼きかかまぼこ。ときおり焼き魚がぜいたく。

お茶を飲んでもそもそ食べると、十五分もかからない。弁当は、夏のさかり以外は、一年じゅうおなじようなものを食べても飽きないから奥深い。弁当を中心にしているから、一度休むと次の日、その次の日と歯車がくるってしまう。それで、毎日食べ続けることになる。

貧乏腹なので、外食続きでぜいたくすると、具合が悪くなるから、弁当は大事な緩衝役でもある。

いちばん贅沢《ぜいたく》なのは、弁当箱で、外で昼を食べる半月ぶんぐらい大枚をはたいたのもある。

はじめは、そっけないアルミの感じが気に入って使っていた。それが、だんだん季節が過ぎて寒くなると、弁当がぞんと冷えるようになって、新しいのが欲しくなった。デパートに行くと、並んでいるほとんどがプラスチック製だった。さっぱり洗えてぱちんと閉まるが、重たい。それで木の弁当箱を買うことに決めた。それからいろいろ探して、はじめは秋田のまげわっぱを買った。

財布は平たくなったが、使ってみるとごはんが蒸れずにふくらんでいる。さめてもからだが冷えない。なにより質素なおかずが木の色のおかげでまえよりおいしそうに見えるのがうれしかった。

それから、催事場や工芸展や、ギャラリーで感じのいい弁当箱を見ると、毎日のことだから、と奮発する。いまでは体調で大きさを加減できる弁当大尽になった。

弁当箱は春さきに目にすることが多く、新学期気分のお福わけ、と喜んでいる。今年もひとつ新調した。林宏さんという漆作家の方のもので、月山という名前がついている。ちいさな曲げ木に漆が塗られ、金いろの月と山が描いてある。個展で見て、もう売れてしまっていたのに、無理に追加をお願いした。時間がかかりますといわれて、のんびり待っていたら、秋口に、できましたとハガキが来たのだった。

林さんは、弁当箱以外の木地は全部ご自分で作っているが、この曲げ木だけは、長野の山村の熟練の職人さんにお願いしているのだそうだ。

おむすび弁当のときのおかずをいれるのにちょうどいい大きさで、たっぷり塗られた、深い漆の色が、地味な根菜の煮物をはげましてくれる。それでこの秋は、おむすび弁当が多かった。

おむすびは、海苔《のり》を全体に巻いて、ラップではなく手ぬぐいにくるんで持っていくと、おいしさがまったく違う。

いなこちゃんといっしょ　その2

去年、いなこちゃんはお姉さんになった。

五月に弟がうまれた。もう自分の名前も、ひなこ、といえるようになった。

三年ひとりっこで、まわりのおとなに猫かわいがりされてすくすく育ったいなこちゃんの毎日が、すこし大変になった。

おかあさんは、生まれるまえから、お姉さんになる子は、そういうことはしないのよ、とか、えらいねえ、お姉さんだねえといってきかせていたから、いなこちゃんは、ききわけよくお姉さんになるのを楽しみにしていた。

赤ん坊が家にきたら、どうしてもおかあさんはかかりきりになった。まわりのおとなも無責任に赤ん坊にばかりかまうから、いなこちゃんはだんだんつまらなくなった。すこしずつ、いうことを聞かなくなった。ぐずぐずと泣いたり、お父さんお母さんにぺったりくっついて、ひとみしりをするようになった。ひなこもやる、と赤ん坊のまねをして寝ころがる。そういうのを、かわいそうだな、生きものはこんなにちいさいころからがまんするんだな、と見ている。

いなこちゃんとおなじくらいのころ、五つうえの兄ばかりかわいがられているように思ったものだった。学校にあがったり、仕事を決めたり、親にとっては、初めてのことだから、兄のときは一生懸命で、二番目は慣れてしまって熱中してくれないように見えた。なんでも本人まかせにして。いまとなればなんともないようなことで、ひがんで反抗した。

お兄ちゃんは、こういういやな気分をしないで、みんなが心配してくれて、マイペースでやりたいことしてうらやましいと、いつも思っていたのだった。

それが、いまひなこちゃんをみて、お姉ちゃん大変そうだなあと思い、うえのこどももつらいなあと、気づく。

うえのこどもは、ほんとうにちいさなときに、もやもやしたうらやみ気分のなかに放り出されている。そしてしたのこどもは、まったく覚えのない時期に、やはり一身に親の愛情をあびているときがある。ようやく気がつく。

いなこちゃんに会うと、いっしょにこどもになって遊びながら、いまのいなこちゃんみたいな気分になる。それでついついのびのびと甘やかしてしまう。

いなこちゃんは、春から幼稚園に行く。きっと、すぐにほんとうのお姉さんになってしまう。

4　うすあおの窓

富士メガネ

静岡のともだちを、たずねた。

ともだちはふたりいて、ひとりは清水、もうひとりは沼津にいるのだった。

新幹線で向かうにつれ雲行きがあやしく、右手の富士山は見えない。熱海をすぎると、すこしずつみかんの木、菜の花が見えて、静岡につくころには茶畑も見えた。

家に泊めてくれた清水のともだちは、もうすぐ結婚して静岡をはなれる。結納まえのあわただしいときだったのに、つきっきりで案内してくれるという。

登呂《とろ》遺跡、芹沢銈介《せりざわけいすけ》美術館を見た。

こどものころ竪穴《たてあな》式住居、高床式倉庫、ねずみ返し、と三点セットで覚えたものがそのまま復元されていた。想像よりもずっと立派なものだった。

芹沢銈介は、静岡の呉服商に生まれた。スケッチを図案化していくところをビデオで見た。迷わずどんどん筆を動かしていくのが見事だった。

ともだちは、電車に乗ったり、町を歩きながら空を見あげて、こんなに富士山が見えないことはないんですよ、と悔しがる。曇っていても、ふもとあたりの稜線《りようせん》はいつも見えるのに、きょうはそれすらない。ほんとうならば、このへんにあるの。なんども景色のはざまに指で三角をかく。

夕方は、ちいさな居酒屋で、土地の魚を堪能した。ビール一杯で真っ赤になるのに、酒好きのために選んでくれた、いい店だった。ともだちは飲めないのに、つまみみたいな食べものが好きなんですと、白子を食べる。

夜になって、雨脚が強くなり、これだけ降れば明日は晴れるね、といいあって、甘《あま》鯛《だい》や海老《えび》の塩焼きを食べた。雨の音をきいて、焼き魚の煙が雨にむかって逃げるのを見る、静かな夜だった。

ところが、翌朝もくもっている。

ともだちの部屋には、富士山がよく見えるおおきな窓があるのに、窓はうす灰色の壁のようだった。ていねいにコーヒーをいれる手もとに似合わず、せっかくなのに、こんなことは珍しい、と富士山にむかって口をとがらせた。

清水から沼津まで、一時間ほど海沿いを走る電車に乗った。

くもり空の下の灰青色に広がる海を見た。その繊細な色合いに、ときおり菜の花やみかんの木の鮮やかな黄が飛び込む。東京ではまだ梅が五分咲きだったから、静岡の春ははやい。肌寒くても、からだがこわばるような厳しさはない。

沼津駅は海の町らしい風が吹いていた。沼津の友人は、十日まえに、ちいさな雑貨店をひらいた。そこを訪ねる。町を歩くと、ちいさな商店が奮闘していて、暮らしやすそうないいところだった。

お昼は、天丼《てんどん》にしましょう。ともだちが宣言する。河口ぞいの天ぷらやに近づくと、おおきなとんびが飛んでいき、ごま油のこうばしいにおいがする。昼まえなのに満席で、一足遅かった親子連れは、座れず待たされた。

天丼は、魚、えび、いかで、いかぬきとか、魚だけとか選んでのっけてもらう。

揚げものに弱く、途中で休むと食べきれないとあわてたが、みれば、ともだちは、ゆっくりのんびりと食べている。それをみて、たまには食べきれずとものんびり食べようとまねをして三倍減速して食べてみると、揚げかたも油もよかったので、具合よく平らげてしまったのだった。心配性はよくない。

沼津のともだちの店は、しろくて四角い。十年以上あいだがあいていたのに、あっというまに先週も会っていたような気分になる。それでも、沼津に戻って結婚してふたりのこどものお母さんになったたし、原宿の雑貨店にお勤めしていたのが、自分があるじになったのはおおきなちがいだった。華奢《きやしや》で美しいともだちの意志と行動力が、店の品物にきちんと並んでいる。

沼津のともだちは、自分の好きなことをしている時間が欲しかった、といった。それでもまだちいさなこどもが病気になったりすると、思うようにいかないことが多い、ともいった。

料理の道具、こどもの服、色のきれいな本。好きなものを少しずつ並べた風通しのいい店は、ｈａｌという。

帰りの新幹線でも、富士は見えなかった。

おいしいものを、いろいろ教えてもらって買った、おみやげの袋をながめて、視界がひらけるたびにほんとうはこのへんに富士があるんですよ、と教えてくれた静岡の年下のともだちのことを思った。

あんまり富士山が見えないから、めがねに富士山を描いたものを作って、かけてもらおうかなといったのが、おかしかった。日中は青い富士、夕方は赤い富士、二種類作ってみようか、ともいった。もうすぐめまぐるしい日々がくるというのに、のんきで面白いことをいって笑わせてくれた。

静岡のともだちは、ふたりとものんびりしているのに、自分の考えをかたちにする力を持っている。日本一の富士山を見ながら育つ、静岡のひとの美徳なのではないかと思う。

壁を見る日

1

杉並の、大木がのこるあたり、金木犀《きんもくせい》がさかりの朝だった。幼稚園の広い庭に、万国旗がはためいている。

細い路地をひとつ横切るたびに、黒い地面が日を浴び、こうばしい土のにおいがする。古い家や畑が整地される。畑だったところは、五、六軒ぶんにテープで分けられ、宅地になっている。素朴な家なみのあいだで、歯を治すように地面を耕す。土にはまだ、瀬戸物の破片やタイル、ひからびた大根などがまざっている。

新築住宅が建ちはじめた現場のまえをとおると、かなづちが響く。三軒の建売住宅を同時に建てていて、窓枠や屋根や壁の色がわずかに違う家がならんでいる。幼稚園の入り口では、年配の男の先生がこどもたちを迎え入れている。柿《かき》が実り、夏みかんは色づき、どくだみの葉が赤い。

背広のひとが自転車で駅へむかう。お母さんが女の子を幼稚園にひっぱってくるのを黒い猫がじっと見つめて、女の子はその視線に振り向く。数軒ごとに積みあげられた、ごみ袋の山は、まだ収集されていない時間だった。

……起床は、六時半。

三十分くらいで身じたくして、自宅のしたが事務所になっているから、七時か七時十五分には事務所にいるようにしていると、そのくらいで職人が集まってくる。

朝は、食べます。

したに降りるまでのあいだに、パンを一枚くらい。それで昼までおなかはすかない。なれちゃった。たまにはコンビニでおむすび買って、車のなかで食べながら行ったりもする。ほかの職人も食べてきます。食べないのもいるのかなあ。

十分くらいで、その日の工事の予定とか内容を打ち合わせして、七時半に荷物を積む。まえの日に帰ってきてから、だいたい用意しておいて、それを積んで現場に行く。

専属の職人は三人、ひとりは五十代、もうひとりは三十三歳、いちばん若いのが二十三歳。いそがしいときは、そのほかに同じ仕事してるひとから借りる。親父《おやじ》の弟も足立で左官やってるから、そっちから応援頼んだり。車は二台あって、おおきなトラックと六人乗りのワゴンです。

白い車が静かに近づいてくる。

グレーのズボンに、白いシャツの親方と、小柄なおじさんが降りてくる。ふたりともめがねをかけている。出がけに、きゅうによそに応援頼まれて遅れましたといったあと、ふたりでだまって道具を下ろし始める。

あおいプラスチックのバケツとアルミのバケツ、道具箱、たらい、洗濯かごのなかには、ひしゃくが三本、モルタルをまぜる四角い箱が道路わきにならんでいく。現場のみどりのネットをくぐると、足場が組まれて、先に仕事をはじめている建具職人が、高いところで窓をはめこんでいる。群青《ぐんじょう》いろのニッカボッカの足だけが見え、そのうえに秋の空がつきぬける。

車をとめに行って、ゆっくり戻ってきて、おじさんに指示する。おじさんはまだ眠そうに、おおきな眼鏡の奥のちいさな目をしぱしぱさせてきいている。

外壁と、地面からつづいているコンクリ打ちの基礎の段差を左官仕上げで平らにする、金鏝《かなごて》で仕上げね、といっている。

平らにすりゃいいんだな、こっからこうやっていってもかまわねんだな、とおじさんが確認している。おじさんは紺色の地下足袋、親方はピンクの長靴下に、黒いつっかけを履いている。おじさんがしかくい箱にモルタルの袋をあけて仕事にとりかかるのを見届けると、ゆっくりと、おはようございます、左官《しやかん》です。家のなかにはいっていった。

……現場に行くときは、八時半目安に出ます。左官工事にはいるのは、建築工程でいうと、基礎の段階から。仕上がりまで関わることが多いです。基礎工事のころから、コンクリートをならしたりして、ちょこちょこと最後まで。

本格的には家が建ちあがって、外壁を塗る場合ならおもてから塗るし、部屋のなかがあるならば、最後に部屋のなか。大工さんが終わって、左官が行って、終わりです。天井や床があるときもある。仕上げだけする左官もいるけど、うちは壁だけじゃなく、全般です。

2

夏の終わりが見えたころ、塗った壁を見ていきますかと、知りあいの家に連れて行ってくれた。蒸し暑い夕方、赤く日に焼けた親方は、ゆっくり足を引きずって歩いた。まえの日、現場で捻挫《ねんざ》したのに、晩ごはんの時間を遅らせて、片道十五分ある家の壁まで案内してくれたのだった。

外壁はうすい、やさしいピンクで、鏝《こて》のあとが残るように仕上げている。鏝の動きがわかる。壁を見せてくださいとお願いすると、なかも見ていってと親切にしてくれて、二階の居間でお茶をごちそうになった。

家のあるじは、おしゃれな板金の親方で、日本の家並みは暗い色が多いから、自分の家は明るい、南仏にあるような家にしたいと思った。娘さんが喘息《ぜんそく》だったから、家のなかの壁は漆喰《しっくい》。漆喰の壁は、空気をきれいにしたり、湿度を調節したりするから、と教えてくれた。

この家で大変だったのは、こういうところ。いわれてあちらこちらを見てまわると、おおきな壁や天井ではなく、外壁の階段のわきの二センチはばぐらいの縁や、ガスメーターの出っぱっている小窓ばかりを指差す。重箱の隅っこのような、目立たないところばかりだった。

プロペラのついた高い天井と壁面は、なだらかなカーブでつながっている。ここは、三人がかりで一気に仕上げた。この親方は、腕がいいからさ。板金の親方がかわりに壁の細部を自慢するのを、黙って聞いて、タバコ吸っていいですか、といった。

今年、四十歳になる。腕がよく研究熱心だから、手仕事にこだわる建築家から声がかかる。漆喰のなかに藁《わら》や砂、骨材を混ぜる、配合見本を作って、部屋いっぱいに保管してある。そういうところが建築家に信頼されている。漆喰の色は、灰炭（黒）、ベンガラ（赤）、酸化黄（黄）という天然の顔料で、これを組み合わせて自在に色を作る。

……研究するのは、凝るのが好きなんです。自分がいい仕事すればいいとおもっているから。ほかのひとの仕事を見て、どういうふうにやったのかなあ、って触ったり叩《たた》いてみたり。

漆喰は、古い蔵なんか見に行った。十年くらいまえは、左官仕事は、こんなにいろんな種類はなかったし、モルタルとかセメント塗りの下地の仕事が多かった。仕上げは吹き付けだから、やらなかった。仕上げで仕事がくるのは、京壁とか漆喰ぐらいだった。

しばらくして、だんだん左官が仕上げを塗った仕事がふえてきた。それで、見本を作って、顔料配合のデータをとったり工夫して、設計さんに注目してもらえたんだ。

みどりのバケツには、昨日の材料がうす白くついている。昨日までは、室内の壁の下地を塗っていた。厚い板にグラスファイバーを貼《は》った壁に、パテ材と下塗り材を塗る。下塗り材は二回塗った。家じゅうの壁の下地を塗るのに、五日がかりだった。

玄関わきの部屋には漆喰の袋のはいった段ボールが積みあげられている。

玄関わきの仮設水道から、細々と水が出る。ひとつのバケツに水をいれ、ていねいにブラシで洗っては、その水をつぎのバケツにうつしてまた洗う。三つ洗い終えると、ひとつだけあたらしい水を満たして、部屋に戻る。バケツの持ち手は太い綱になっている。

明るい部屋のところどころに、ワイヤーのかさのついた電球がぶらさがっている。

床には、木屑《きくず》、プラスチックの削りくず、板切れ、換気扇のカタログ、ほうき、脚立《きゃたつ》が、しんと作業を待っている。

外からは、ドリルの音、二階からは金槌《かなづち》の音がする。ときおりどちらもふつりと止《や》むときがあって、カラスやすずめの声がする。

ふたたび外に出ると、たらいとおおきなミキサーを持ってくる。水色のたらいの底には、スケート場みたいなまるい傷がたくさんついている。

漆喰の袋を三つ揉《も》みほぐして、たらいにあける。バケツの水を注ぐと、白くけむって水が泡立つ。おおきなハンドミキサーは、マゼーラという。耐久年数は五、六年で、立って持つと、へそのしたくらいの長さがある。助走をつけて三十秒ぐらいギューンとまわしつづける。それから、もうひと袋材料を足してマゼーラを動かす。

マゼーラの回転する先はれんこんのようになっていて、ときどきたらいの底におしつけるように練り上げる。きいきいという。これでまるい傷がつく。白い粉だった漆喰が、水を含んで灰色がかってくる。外から戻ったら、シャツのうえにナイロンの紺色のフードつきの上っ張りを着ていた。

混ぜ合わされた漆喰は、固めのヨーグルトか、白和《あ》えのころもか、バリウムぐらいの固さだった。カルメ焼きの鍋《なべ》のように浅いひしゃくでバケツに移していると、にぎやかに携帯が鳴る。今朝きゅうに応援を頼まれてよそにでかけた若いふたりが、まだつかないという。

社長、マゼーラあいた？　玄関でおじさんの声がする。

3

……職人は、みんなどこかの会社に所属しています。親方どうしが知りあいで手伝いあう。仲間の親方に連絡して、悪いんだけどちょっと手伝ってもらえないかって、頼む。現場では、社長とか親方って呼ばれる。かっこよくないです。

副親方みたいのは、いない。職長を置いているところもあるけど、うちみたいな町の左官にはない。社長と職人さんだけ。職人のなかで、いちばん古くてリーダー格っていうのはいるけど。うちでは、三十三歳のやつ。はたちのころから、いるから。

みどりのバケツを持って、二階にあがる。台所からつづく道路に面した部屋の、二面には窓があって、もう一面には、納戸《なんど》がある。

もういちど下に下りて、道具のはいったかごと脚立を床に置くと、傷や汚れがつかないように、床にしかれたうすいプラスチック製の養生板《ようじょう》の、壁に接するふちのところをカッターで切り取る。床と壁のさかいを、息をつけて丁寧にちいさなブラシで掃き、うすみどりの養生テープを床のきわに貼っていく。左手で貼り始めを押さえると、右手でずれを調整しながら、あわてずに、ぴたりとのばしていく。

いつでも、ゆっくり、静かに動く。

階段の上り下りも、テープを貼りながら壁を移っていくときも、日のあたる室内はひっそりとして、建具屋さんの金槌と、幼稚園から、太鼓の音が交差し響くだけだった。

部屋の壁と床の接するところ、すべてに太さのちがう二本のテープを貼り終えると、立ちあがって、これが鏝、これが手板と両手をあげる。左手に漆喰ののった手板を持って、右手のひとさし指に鏝をひっかけている。

手板は、自分でつくる。半紙よりすこしちいさいぐらいのおおきさだった。これは、馬。脚立をぽんと叩く。馬は組み立て式の小机のようで、四本の脚が伸び縮みする。

脚に軍手のカバーをはいている。

それから、すこし腰をのばして、建具屋のおじさんに、休憩しませんかと声をかけた。

黒いシャツを着た男のひとが、お茶のしたくをしている。

木切れに板を渡して、座卓にして、お菓子、缶コーヒー、湯のみをならべている。

男のひとは、この家のあるじで、独立したばかりの若い建築家だった。この家の設計も自分で手がけた。

外にいたひとたちが、ぽつぽつと集まって木切れに腰掛けて、お茶を飲んだり煙草《たばこ》を吸う。お菓子の缶を灰皿にして、煙を吐き出す息がみんなふーっと長い。外の職人たちは、頭にタオルを巻いている。外でからだを動かせば、まだ汗が流れる。

施主と設計がおなじひとだから、お茶を飲みながら、作業の質問が解決する。仕事の途中で集まったから、みな気持ちは持ち場に置いてきていて、無駄口のひとはいない。お菓子はひと口で食べられる、クッキーやチョコレートのような甘いもの。

若い施主さんは、この家の設計は、構想三カ月、実作業はひと月半、あと予算の調整がいちばん時間がかかって、四カ月かかった、といった。五月の末に基礎工事がはじまり、四カ月たったところ。この家のように建売住宅ではない在来工法だと、できあがりまで半年ぐらいかかりますねという。

話しているうちに、職人たちは、ぽつぽつと仕事場に戻っていく。おじさんが、腰をあげながら、おもて面のところは、目地にならって、ツラにつなげとけばいいんだな、と親方と施主さんにきいて、確認に三人そろっておもてへ出て行く。

そのすきに、休憩場のわきにそのままに置いてある、漆喰のはいったたらいに指をいれて、指先を鼻にちかづけてみる。雨あがりの道のようなにおいがして、指先はだんだん乾いて、ちいさな粒子が浮き上がる。さらしの細かい繊維が、指先についている。

4

道に面した窓のある壁のまえに立つ。手板にひしゃくでひとつ、漆喰をのせる。壁のうえのきわから、鏝がはいる。厚めにつけて、中央にむかって伸ばしていく。腕は左右に、ワイパーのようにまっすぐ揺れる。したからうえへと弧を描くとき、上腕に力がはいっている。中央ではおおきく動く。下地と鏝がこすれあう音が強くなる。左から右へ。馬を動かしながら、塗っていく。したの床に近いほうにくると、床のほうからうえに向かって塗る。

ひたすら壁に向かっているとちゅう、一度、まずいなとつぶやいて見あげた。なで肩で手首は細く、上半身は細身なのに、腰まわりはしっかりしている。野球選手でいうと、江夏、江川まではいかず、高校時代の桑田のような体つきをしている。黙々と窓のまわりも塗って、一面がおしまいに近づいたとき、長く細く息を吐く。

……職業病は、腰と肘《ひじ》。鏝を使うほうの肘は、使いすぎて腱鞘炎《けんしょうえん》がくせになった。それから、鏝の柄をはさむ中指が曲がってくる。握ったときにそこで力を支えているから、たこもできる。

腰は、二十三、四歳で痛くなって、病院あちこち行ったけど治らない。腰やられてるひとは多いです。重いもの持つから腕より腰にくる。それと、立って塗っているぶんにはいいけど、しゃがんで床をやるのがきつい。

いちばんきついのが床。天井よりきつい。天井は比較的、鏝でさーっと塗ってしまえばいいから早いけど、床は厚みをつけなきゃいけない。運んできて、塗って、ずっとしゃがんでなきゃなんない。面積も広いし。立って壁塗る範囲なんて、すくないよ。しゃがんだり立ったりだから、床はきつい。

納戸をのぞいた四面の壁をつぎつぎと塗り終えたころ、はじめに塗ったところがかわいてきた。こまかなほこりを鏝《こて》の角でとりながら、ふたたび、うえのほうから重ねて塗っていく。

鏝の角で漆喰をすくって、まんなかでならしていく。長方形とアイロン型のふたつを使いわける。使わないほうを、手板を持つ左の指にひっかけて、交換しながら塗っていく。

二度目は、こすれあう音もかすかになり、手の動きもなめらかに、やさしくなっている。下地の色のにじんでいた壁が、白く静かになっていく。

ときおり、しゃがんでうえを見て確かめる。施主さんの希望の、鏝の粗さのない、白くて平らな壁にしあげたい。

まんなかは、左右におおきく鏝を振って、きわのところにくると、先端をつかって、繊細にすべらせる。鏝の四辺、ふち、てっぺん、すべて使ってしあげていく。鏝のむきを変えるときは、授業中に器用に鉛筆をまわしていた男の子のように、指先でくるりとまわす。

壁に顔を近づけて横を向いて、壁の厚みを確かめる。腰に手をあてて、気になるところに鏝を向けていく。コンセントの入るところがまだ穴になっている。そのふちのあたりが気になっている。

しゃがんで、つま先に力をいれて鏝を動かしているうちに、右の靴下に穴があいてしまった。薄茶のニッカボッカのポケットの、携帯電話につけたくまさんがぶらぶらと揺れている。

二度塗りの終わった壁のまえにすわると、窓に雲がながれていく。しばらく壁を見ていると、仏壇のまえにいるようなしんとした気持ちになる。

使っている既製の漆喰は、施主さんの指定のはじめて使う素材で、すこし使いづらい。粒子がこまかくてむらが取れにくい。

天井はペンキを塗ることになっているから、引き受けた仕事は、壁と梁《はり》まで。道に平行して、一カ所梁がわたっている。壁の二度塗りは、小一時間ですんで、梁にとりかかる。馬にのって、うえを塗っているとき、まぶしそうな顔になって、眉間《みけん》がすこし寄っている。梁は、三面塗り終わったあとで、角を削って仕上げる。きのう塗った下塗りが、角のところにたまっている。カッターで削りながら、人数がいるときは、俺はこういうこまかいところばっかり初めに全部やっつけていくんだけど、という。

……こまかいところは、親方がやらされちゃうの。根気がいるから、職人さんもいやがるし。そういうところは自分でやる。

夏に見た板金の親方の家もきっとそうだった。見あげていると、だんだん首が固くなる。黙々と手を動かしている。首は太くて、耳のしたから力こぶのように隆起している。

5

納戸には、窓がない。まだ電気もついていない。上塗りまえの壁のあちこちが、心霊写真のようだった。灰色のまだらになっている。

馬の脚どうしにわたっているパイプに土踏まずをひっかけ体をささえて塗り始める。いちばん奥からよこの壁に肘をついて、すこしからだを傾ける、楽な姿勢にして塗って行く。

ヘリコプターの羽音が遠くなっていく。

納戸が乾くあいだに、梁の二度目をすませる。角を厚塗りしたところをそっとなぜるように削る。ふたたび塗る湿った漆喰《しっくい》が、鏝《こて》を動かす指先に染《し》み込んでいく。

日差しがかげると、暗いほうがいい、電気があるとあらが飛んじゃうからね、という。左官は一日あらを見つけている。

……左官職人になる気はなかった。

普通科の高校に通った。それで就職のことを考えるころ、希望とか探したんだけど、いいところがなかった。それで、うちの仕事をやればいいじゃないかってことになった。

そのころ、車が欲しかった。あるでしょう、そういうの。うちの親父《おやじ》がしきりに俺に継いでもらいたくて、車買ってやるから、左官やれとかいわれた。そんな単純な理由です。

十八から本格的に親父について修業した。

親父は、足立にいた親父のおじさんのところで、弟、俺のおじさんといっしょに修業して独立した。

俺が二十五のとき、親父が体壊して倒れて、現場に出なくなって、中心になってやり始めた。仕切るのは若かったから大変でした。そのころ若い子はひとりしかいなくて、みんな年上のひと。三、四人いたから。ひとを使うっていうのは難しかった。それでも、うちの会社で雇ってるというので、仕切らなくちゃならない。

納戸の床も、刷毛《はけ》で儀式のようにていねいにほこりをはらいながら、養生テープを貼っていく。角に左手をおいて、右手で一度おおきくテープを動かしてから、少しずつ貼り押さえていく。

はじめに塗った部屋の壁の天井と床のテープをはがす。窓の外でもんしろ蝶《ちょう》がとばされている。

床に、幅木がない家だから、とりあいが慎重になる、という。とりあいは、壁と床の接する、山の端《は》、山ぎわのようなところ。ふつうの壁は、したに五センチ幅ほどの板がついているが、この家は、床からすぐ壁が立ち上がっている。

手板と漆喰のはいったバケツのふちをブラシでこすって、鏝をバケツの水で洗って、お昼です、といったら、蜂《はち》が飛び込んできた。一階から施主さんが、自分で板を削っている音がする。階段を下りていくと、檜《ひのき》のいいにおいがする。

昼にします、とおじさんに声をかける。おじさんも、すぐに手を休めて、荷物のほうに行く。おじさんは、弁当を持ってきている。黒い保温弁当バッグがある。親方が出てくるのを、待っていたのかもしれない。

……お昼の時間は、壁しだい。

左官の場合はお昼はちゃんと決められない。固まりぐあいとか、塗っている途中でやめられないでしょう。一面塗ってて、十二時だからって、途中でやめられない。だいたいお昼を考えてやるんだけど、ずれ込んだり早くなったりする。

鏝には、木とステンレス、鋼《はがね》がある。半焼きの鋼は、やわらかくて壁がたいらになるから、よく使う。ステンレスが、いちばん固い。木は一回塗ったところのむらをとる。木って、ざらざらしているから、塗ったところにヤスリかけるみたいに、平らになる。

木で平らにしておいて、固いステンレス鏝で表面をなだらかに、つるつるにする。いきなりつるつるにはならない。ひとつの壁に何種類もの鏝を使う。

いちばんはじめに半焼きで塗っといて、ちょっと固まったところに、木の鏝で平らにしておいて、ステンレスでつるつるにムラとりする。これが壁をつるつるにする標準的な工程。

かつ丼《どん》セットがくる。かつ丼と、かけそば。先客のカップルよりずっとあとに運ばれてきたのに、ずっと早く食べ終わる。そばやのテレビは、大リーグ中継だった。

……今日はいない三十三歳のやつも独身だから昼はふたりで外食。朝はすこしで、昼はたくさん食べる。ぜったい大盛りにする。そばやでは、カレーライスともりそばとか食っちゃう。ごはんはかならず食べる。肉を食べるほうが多い。定食でも、かならず大盛り。

今日の現場は、楽なほう。塗るところが平らで、天井と床がないから。

鏝は、全部で三十本はある。いちばんちいさいのは五センチくらい、おおきいのは三十センチ。おおきさ、かたちは、いろいろ。角をやるのとか、バターナイフみたいのとか。職人それぞれひと揃《そろ》い持っている。手入れは水洗い。削れてへってくると、電動やすりで削る。

6

あちこちの窓辺で、眼鏡が光を集めている。午前中で帰った建具屋さんの眼鏡だった。用心で、いくつも置いてある。

一度二階へあがって、手板を忘れたと、とりに戻る。手板はひとり一枚で、自分で作る。これひとつしかないんですよ、という。それから納戸《なんど》に入りながら、これしかないんだあ。もう一度いう。

バケツのなかの漆喰にすこし水を足して柔らかくしてから、塗り始める。

壁を塗る音がしなければ、どこにいるのかわからないほど、静かにゆっくり動く。

手板をとりに戻ったときも、階段の上り下りの音がしない。
建具屋さんも、ドリルや金槌《かなづち》を使う以外は、しんとしていた。職人ではないひとと動くはやさが違う。したで作業をしている施主さんが、ときどき二階に用事があってのぼってくる気配は、邪魔にならないようにそっと来るのに、からだのまわりに風がくる。

たっぷりめにとった漆喰を、納戸の壁に塗っていく。二回め。口がすこしぽかんとしている。うすぐらい納戸のなかに、スキーの滑るような音が続いた。二度塗りが二面塗り終わるころ、納戸のなかが、ぼうっと明るくなった。少しずつ傾きはじめた日差しがやわらかくはいる。

終わり近くになると、すこし息があがっている。鋼の角鏝で、ずっと、とめたほうがいいのかと心配になるほどずっと、こまかいあらをとっていく。暗がりでも、あらが見えている。

ようやく塗り終え、バケツをさげて一階におりて、マゼーラマゼーラとつぶやきながら、おじさんのところに行く。戻ってくると、一台壊れちゃってさ、外のモルタルがあるから二台ほしいんだけどさ、という。

空のバケツに水をすこしそっとうつして、飛び散らないようにしてマゼーラを洗う。

朝作った青いたらいの漆喰を、もう一度攪拌《かくはん》して、バケツにひとつうつして二階にもどる。バケツはとても重い。モルタルだと、もっと重いよ。

朝いちばんに塗った、窓のある壁の二度塗り。納戸は暗いから、先に塗ってしまったのだ。馬にのって、腰に手をあてて、天井とのとりあいのよぶんな漆喰を鏝の先でけずって塗り始める。光が、白い壁のすみに動いて、となりの家のザクロの枝影がうつる。まっすぐ床と平行に滑らせてから、弧を描いて塗っていく。鏝跡のむらをとる、乾いた壁をすべる鏝は、遠くの波の音のようにきこえる。

二度めも、たっぷり塗る。きのうの下地の塗りがすこし薄かった、といいながら、早いタッチですすんでいく。紺色のカッパの、袖《そで》も胴も、右半分に漆喰が白く飛んでいる。

太陽が、ときおり雲間にはいる。暗さが限界になってきた、といって、したに降りていく。

おじさんは、一日じゅう中腰で外のモルタルを塗っている。おじさんの塗ったところに何度も物差しをあてて確認して、指示している。おじさんは、神妙に聞いて、また中腰になった。

……年上のひととといっしょに働くのは、気をつかう。うえになって指示したりするから、乱暴なことばが使えなかったり。俺もあんまり口がいいほうじゃないから。失敗や間違いしたらきつくいわなきゃいけないときもある。チームワークだから。けんかするわけじゃあないけど。

携帯電話がたびたび鳴る。別の現場にでかけた若いふたりからの確認事項や、仕事の注文や予算どりのことなどでかかってくる。

……ひととおり仕事ができるようになるまでは、三年かかる。最初は、材料を作るところから教える。調合が難しい。覚えて慣れるには一年ぐらいかかる。調合って、塗ってみないとわからないからね。ある程度塗るのを練習しながら材料作れないと。自分で塗ってみないと、セメントの多いな少ないなっていうのが、わからない。

むかしは、こねる専門のひとがいたんだけど、専門だと塗るひとの感じもなかなかわからないし、練るばっかりじゃ、若い子はつまんなくてやめちゃうだろうし。

つぎは、下塗り。下塗り材とセメントとあわせたのを使う。下塗りをして、鏝の感じをつかめるようにする。見ていて下塗りがあんまりでこぼこじゃ上塗りがやりにくいから、ちょっと手を加えたり、これじゃ乱暴すぎるからだめっていったり。

それで作業が慣れてきたなあというのに、三年ぐらいかかる。なかなか最初は、鏝も扱い方がぎこちないから。

7

日のかたむきが、はっきりわかるようになって、口数が、ずっと減った。夕暮れまでどこまでやれるか、挑戦している。仕事の区切りを手を動かしながらはかっている。梁《はり》をなんどもこまかく塗って平らにしていく。梁は斜めになっていて、息が苦しい。納戸のドアまわりに養生テープを貼る。

三時をすぎて、階段に力強い足音がする。施主さんが、親方お茶にしましょう、と声をかけるが、うえをむきっぱなしで返事ができない。

日が落ちてきて、窓ガラスのなかの針金がはっきり見える。壁にうつる影の線もほろほろとしてきた。

午後の休憩では、すこし世間話をしたり、朝よりもくつろいでいる。おじさんは、ひと息にお茶を飲んで、煙草《たばこ》を一本吸い終えるとすぐに仕事に戻った。地下足袋にも、紺のニッカボッカにも、モルタルがついている。

二階では、親方が納戸のテープをはがして、角のある剣先鏝《ごて》で、はしを削っていく。それから、明日のために、となりの台所の床に、テープを貼り始める。今日はひとりで、壁三面と、納戸と梁を仕上げた。明日は台所とリビングの壁。人手も増えて、はかどる。

朝、作った漆喰《しっくい》がすこし残った。水を足すと、明日もつかえる。化学系の揮発する薬が入っていると、明日はつかえない。なるべく自然素材にしたいと、施主さんが選んだ。

一日外で働いていたコーキング屋さんの、今日は帰ります、と明るい声がしたからきこえる。

かがんでテープを貼りながら、ひとが帰ると帰りたくなっちゃうなといった。それでも、テープはゆっくり、まっすぐ貼っている。

テープを貼り終わると、バケツにのこった水で鏝を洗って片づける。外はもう暗くて、おじさんの顔は近づかないとはっきりしない。犬の散歩のひと、ウォーキングの夫婦、バイクででかける、若者。

朝おろした道具はほとんど置いていく。

道具を片づけているおじさんの作業着には、モルタルがたくさんついている。いつもまた汚してきてって叱《しか》られるけど、汚れんのが仕事だからなあという。おれなんかもう年だから、よそでは雇ってもらえねんだ。あたらしい技がどんどんあって、覚えきれねえよ。叱られてばっかりだけど、会社が近所だし、自転車で通えるし、うちの社長は、腕がいいから、仕事がいっぱいと自慢する。

朝見た白い車が、静かに来る。

今日は帰ります、お疲れ様です。親方が施主さんに声をかけるうちに、おじさんが黒いバッグを持って乗り込む。車はゆっくり遠くなっていく。

会社に戻ったら、親方とおじさんはお酒を飲むのかもしれない。別の現場から戻ってくる若いひとたちは飲まないから、明日の打ち合わせがすんで、ふたりがお酒となると、帰りまーすといって帰ってしまう。

*

あとがき

ぼくに手紙を出すつもりで、好きなことを書いてください。神楽坂の小料理やで中川六平さんがいう。それで月にいちど、定期便を書きはじめた。

手紙の橋わたしは、愛弟子《まなでし》の大河久典さんがしてくださる。送ると、すぐに大河さんから返事がくる。営業の仕事をかかえているのに、いつもさわやかな感想をそえてくださる。

「赤いポストに入れて」という題は、ちいさいともだちのいなこちゃんの口ぐせで、花やおかあさんの絵を描いては、赤いポストにいれてね、とくれるのだった。

あんまり考えないで、好きにやったほうがいいからさ。駿河台のとまり木で中川さんがいう。それで左官さんの仕事場に、一日しゃがんでみた。雑誌『室内』の峯田《みねた》聖子さん、島田左官工業の島田雄一親方のご好意で、こどものころからの念願が、かなった。

はじめての本だから、きれーいな本にしようよ。八重洲地下のラーメンやで中川さんがいう。それで山本容子さん、南伸坊さんにお願いをしてみることになった。おいそがしいおふたりに、うつくしい本にしていただいた。こころより御礼申し上げます。

どこにでもあるはなしばかりと心ぼそくなるころ、中川さんから電話がきて、夕暮れの町に出かけた。神田のそばやの帰りみち、背中が丸いよ、とたたかれる。交差点のうえには、あかるい月がでていた。

そうやって本ができあがるから、中川六平さんに、本をつくってもらったひとは、どうしてもあとがきに中川六平というなまえを書いてしまう。

新橋の台湾屋台で、あとがきだけを一堂にあつめて読んでみたいといったら、勘弁してよう、やだよう俺、という。どちらも、中川さんの口ぐせなのだった。

二〇〇四年三月二十三日

石田千

文庫版あとがき

誕生日が近づいて、運転免許の更新に行った。取得いらい、ずっとゴールド・ペーパードライバーだから、免許証は押しいれにしまいこんであった。

五年ぶりに見た顔写真は、髪が短く、鼻さきがまるまるとしている。横じまのシャツを着て、おもしろいことをこらえているようにゆがめた一文字の口をしている。住所は、長く住んだ川ぞいの町のちいさなアパートになっていた。

体が弱いから、大きな会社に勤めるのはむずかしいね。就職の相談にいくと、学生課の栗原さんにそういわれた。

それからしばらくして、大学の大先輩というご縁で嵐山光三郎さんにお目にかかることができた。提出した履歴書には、おなじ高校という偶然もあった。栗原さんが熱心にすすめてくださったおかげで、成績表をまるで見ずに、くちひげの社長さんはアルバイトに採用してくださったのだった。

大学四年の夏からおととしの夏まで、まる十六年、嵐山光三郎事務所で電話を受けたり、おつかいに行ったりしていた。

作家で編集者で、親分肌。事務所には、たくさんのお客がある。そのおひとりおひとり、しゃんとした背すじをしている。楽しい集まりに、おみそ一点そういう方がたに、嵐山さんのところのひとだからと、気にかけていただいた。楽しい集まりに、おみそ一点まぜていただいて、竜宮城にいるように、舞いあがった。

ここより楽しいところはないから、三十路《みそじ》にはいっても結婚しないで、ぶらぶらしていた。

朝十時に来て、昼には近くの公園で弁当を食べ、六時に帰る。社長は旅が多く、社員は電話のまえに座っていることが多かった。

嵐山さんのいる日は、来客であふれかえった。このひとと仕事をしたいという熱意と活気のある方がつぎつぎあらわれ、わっせわっせと本が生まれる。

本のできていくようすをすぐそばで見ているのは、たのしいことだった。助手とは名ばかりで、気のきいたことはなにもできず、いわれたことも半分できれば御《おん》の字というぐあいだったのに、いつもいつもほめてくださる。

どんなに執筆が忙しくても、残業はさせずに、帰っていいよとおっしゃった。会社を出て、夕焼けを見ながら、さてなにをしようか。考えてなにもなく、まっすぐ住む町に帰る。

子どもの使いに毛のはえたくらいのくせに、電車がひとつめの川を渡り、ふたつめの鉄橋をごうごうと過ぎると、ほうと肩がらくになり、川面におちていくおおきな夕日や、窓をたたきつける雨をながめた。いつまでたっても追いつけずにいる場所からはなれて、実物大の背たけにもどった。

風呂《ふろ》の掃除がきらいで、帰り道には銭湯に寄った。銭湯のそばには、ちいさな飲みやがかならずあって、湯あがりのビールがすぐ飲める。

いつごろだったか、嵐山さんに、日記を書くようにいわれたことがあった。

……だれに会ったか、電話でどんなことを話したか書いたら見せて、俳句もあるといいね。

俳句といっても、嵐山さんのお仲間との温泉旅行のときに頭をしぼって作るくらいだった。日記は絵日記いらい、書いたことがない。

書いてるの。しばらくきかれて、ええ、とか、まあと答えを濁すうち、なにもおっしゃらなくなった。

どうして、日記をすすめてくださったのか。あんまりひまそうだから、なにをしているか知りたかったのかもしれない。書いてるかと聞かれると、みぞおちを押されたようだった。せっかく勧めてくださったのだからと、新しいノートを開いてみても、けっきょく二日もつづかなかった。


ぼんやりしていても、二十一世紀がきた。いいことも、わるいことも、いくつかあった。びっくりするようなことも起こった。

この年、事務所で定期購読していた『彷書《ほうしょ》月刊』という雑誌に、あたらしい小説の賞ができた。応募をしたのはどうしてですか。のちに多くのひとに聞かれて、うまく答えられなかった。

このごろになってようやく、応募した原稿は、ためこんだ日記だったと気がついた。嵐山さんの、書いてるかという声に腹を押されなければ、書くことはなかった。

受賞作のみじかい話が掲載されていらい、読んでくださったかたが、ときどき文を書く仕事に誘ってくださった。当時晶文社にいらした中川六平さんも、そのおひとりだった。

『月と菓子パン』は、もとから早起きだったから、朝一番に原稿用紙三枚、そう決めて書いた。書き終わってさっぱりして、一日が始まった。

いま、この本を見ると、ほろ苦い。餅《もち》をまるめていた三姉妹は、うちのおばあさんひとりきりになった。風呂あがりに通った店もずいぶん閉めた。

五年は、短いようで長い。勤めた十六年は、長いようで短かった。どちらにしても、振りかえるにはまだ早く、あっというまだったとは思わない。それだけ、充実していたと思う。

長年お世話になった嵐山オフィスも、おととし退社して、川ぞいのアパートを出て二度引越した。

いらい、ぼつぼつと書いた文が本になる。それが仕事になった。五年まえの写真は、のんきな顔をしている。こんなふうになると、まるで知らないでいる。きのう新しく撮ってもらった写真は、髪がのび、頬がそげた。

文庫化にあたり、単行本のときにお世話になった山本容子さんに、ふたたびお力添えをいただくことができた。心より御礼申し上げます。山本さんとのご縁もまた、嵐山さんが結んでくださった。

文庫編集部の青木大輔さんは、古い知人でもある。以前嵐山さんの担当をされていて、年の近いこともあって、いまもよく飲む。

友だちだからこそ、ちゃんとやるからね。いまよりずっとおぼつかない原稿をひきうけ、おおきな目玉をほうぼうに配ってくださった。

勤めをやめたのに、一日の時計の使い方は、まるでかわりがない。六時になれば、きょうはどこに行こうかと部屋を出る。

仕事も、一日三枚より増えない。うまくないぶん、ていねいに。それが縫い物のこつと、母に習った。

ラジオ体操をして、机にむかう。まえの日に飲みすぎて、鉛筆を持つのがおっくうになると、ちゃんと書いてるか。しゃがれた声がきこえて、ハイと背をのばしている。

二〇〇七年六月一日

石田千

この作品は二〇〇四年四月晶文社より刊行された。

月《つき》と菓《か》子《し》パン

新潮文庫　い－86－1

平成十九年八月一日発行

著者　石《いし》田《だ》千《せん》

発行者　佐藤隆信

発行所　株式会社 新潮社

郵便番号　一六二―八七一一
東京都新宿区矢来町七一
電話　編集部(〇三)三二六六―五四四〇
読者係(〇三)三二六六―五一一一
http://www.shinchosha.co.jp

印刷・二光印刷株式会社　製本・加藤製本株式会社

ISBN978-4-10-131851-6 C0195